把日子
过成段子
②

著 王小柔

人民文学出版社

图书在版编目（CIP）数据

把日子过成段子. 2／王小柔著. —北京：人民文学出版社，2021
ISBN 978-7-02-016992-4

Ⅰ.①把… Ⅱ.①王… Ⅲ.①随笔—作品集—中国—当代②杂文集—中国—当代 Ⅳ.①I267.1

中国版本图书馆CIP数据核字（2021）第025352号

责任编辑　陈彦瑾
装帧设计　李思安
责任印制　苏文强

出版发行　人民文学出版社
社　　址　北京市朝内大街166号
邮政编码　100705

印　　刷　三河市鑫金马印装有限公司
经　　销　全国新华书店等

字　　数　163千字
开　　本　880毫米×1230毫米　1/32
印　　张　8.75　插页19
印　　数　1—6000
版　　次　2018年8月北京第1版
印　　次　2021年6月第1次印刷

书　　号　978-7-02-016992-4
定　　价　48.00元

如有印装质量问题，请与本社图书销售中心调换。电话：010-65233595

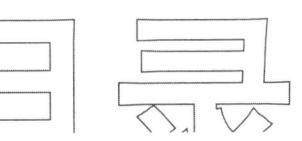

001 • 序：对这个世界，保持礼貌

003 • 那些惹祸的小事儿
006 • 没情怀的人就别送礼物了
009 • 我嘴里没味儿，味儿在胳膊上
012 • 记一件难忘的事
014 • 代购靠的是生命激情
017 • 爱情就是你嘴巴子上那些擦不净的口水
020 • 老喜丧也发电子邀请函了
023 • 马桶里为什么有水
026 • 五百块钱能买多少花
029 • 手机能传辈儿吗
032 • 打游戏不上瘾的人生多无趣
035 • 大姨妈的古早味儿

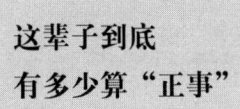

辑一

这辈子到底
有多少算"正事"

038 • 每个双鱼座都活得大义凛然
041 • 通往太平间的电梯真快
043 • 把自己活成一个榜样，真难为你了
045 • 还是拼颜值吧
048 • 去新疆捡石头甭想着发财
051 • 一只羊到底有多少肉
055 • 越活越回去
058 • 浓妆励志
061 • 家里有个弹药库
064 • 饺子就酒要嘛嘛有
067 • 家里生态环境跟院子里赛的

001

辑二

我不过是灵长类动物

073 • 趁着下雨捡鸟去
076 • 一只麻雀的艺术人生
079 • 你很像个飞行员嘛
081 • 爱情两个字好辛苦
084 • 被一只鸟喊祖宗
087 • 一只吃螃蟹的鹦鹉，
　　　告诉你怎么当个真正的吃货
090 • 一个四个月的看着一个两岁的
093 • 一只学存钱的鸟
096 • 鸡精王大花
099 • 谁说蜥蜴得吃苍蝇
102 • 家庭里的野性

107 • 把旅游费吃回来
110 • 太多的孩子，就是未知的自己
113 • 要把这个谎编圆
116 • 从来没像现在这么讨厌过一个符号
119 • 就怕查酒驾的
122 • 躲开，让女鲁智深来
125 • 心灵鸡汤这个伪娘
128 • 没有谁的日子，是一直踩着红毯过的
131 • 朋友圈的原生态
134 • 不照镜子，能忘了自己长嘛样
137 • 把我吃了吧

辑三

没带纸巾就买个馒头擦嘴

140. 家乡才是一种奢侈品

143. 咱俩照个相呗

146. 齐天大圣嘛也没穿

149. 蹲大狱的检查书

152. 电影里都是骗人的

155. 带着 ta 去有诗的远方

157. 铁骨铮铮的女人

160. 唯有亲妈才干得出来那些事

163. 请别绑架我的情怀,咱还是谈谈钱

166. 女司机太仗义了

169. 心上都是大彩页

172. 占便宜必须长记性

175. 你有多大闲工夫

178. 撕了奥数一样的日子

181. 大大咧咧是好性格

184. 只有吃,才能让我冷静

187. 遍地是钱,看你猫不猫腰

190. 别跟我提钱,一提就焦虑

193. 从文学到闲扯,我只服大河北

196. 我的那些母爱的反义词是"作业"

199. 活该你喜欢男孩

202. 每个奇葩妈妈都是被孩子宠出来的

205. 鸡腿管用了吗

208. 我不会做饭,是不是就没有资格爱你了

211. 三块钱保青春期平安

214. 我替孩子写作业,被老师发现了

217. 能不能盛装出席家长会

220. 最歹毒的励志"学海无涯苦作舟"

223. 每一场风花雪月的背后都有乱成一锅粥的努力

辑四

我的那些瓜

229 • 一小撮王小柔　　文／李大艳
235 • 靠坐姿丰富自己的李大艳
238 • 王小柔，你真的不是神　　文／晨露
242 • 与晨露有关的那个矫揉造作的夜晚
245 • 冲王小柔也得显灵　　文／黄鹏
248 • 黄鹏眼中最具艺术气质的清明节
251 • 王小柔的"大户"生活　　文／白花花
257 • 白花花的花

序：对这个世界，保持礼貌

外面开始下雨，耳边都是汽车轧过雨水的声音。冬天走了，暖意打泥土里钻出来，脱掉厚衣服的人像过了惊蛰的虫子，身子软了，活动自如。日历一翻，雨一下，两个季节分手。新日子压在旧日子上面，一天一天特别瓷实。

这一年，连我妈都迷上了刷朋友圈，可见科技对人类的改变。现代社会，你想两耳不闻窗外事都不行，多渠道强行推送新鲜事。

雨越下越大，我站在绿萝大窗帘前感叹："这些靠网络生存，一心想成网红的孩子当了父母，他们会什么样呢？"身边的同事说："你真能操心，各刷各的屏呗。"

智能时代让我们在朋友圈里装下几千个好友，貌似人和人离得很近，彼此最近在干什么，看一眼便知，我们可以点评任何人。但手机一扔，其实我们离得近的，只不过是那些虚拟的随心情而变的头像和名字。在深夜不停刷朋友圈的人，心里装着满满的孤独。"浩荡离愁白日斜，吟鞭东指即天涯"，那种仪式感如同一张烂了的黄纸，早已被风撕碎。

打开你的聊天记录看看，是不是有一些你或者他，扔在那儿的句子，没着落地待着。也许我们看见那句话了，只是，没理会而已，因为知道，对话框那边的人没有利害关系，无视带不来利害冲突。

网络社交也是社交,只不过,网络社交的礼仪有另外一套表情包。有些人会忽然发来是否被拉黑的测评,意思是你不理我,我也没必要留着你。我则会对着一些被晾在一边的对话框里的句子发愣,如同早年"扔靴子"的相声,怎么下文忽然就没了。有始有终的话语交流似乎在网络里变得矫情、自恋。我固执地认为,这是一种尊重和礼貌,然后就把那些头像和网名放逐到陌生人里,不再理会。

我记得我工作那会儿,大年初一的上午,一定是去拜访曾经的老师,一定是拜访内心觉得非常尊重的长辈,因为我的父母留在我记忆里的样子就是这么做的,直到他们老得走不动了。现在的人们,要么发个微信,要么拉个群在里面扔个红包,随意而简单。连电话都很少打了。

以前放学,一家人是一定要在一个桌子上吃饭的,要等人齐了动筷子,而现在,就算都坐在一起,也少有交流,电视开着,但每个人都在低头看着自己的手机。况且,外卖能解决一切,能在饭桌前坐住了都变得困难。我的一个同事说:"我爸话少,小时候起码吃饭的时候数落我几句,也算一种沟通。"我也想起我的爸爸,好像每个人的父亲都那么沉默寡言,可记忆里唯一一次长谈,就是我爸坐在我的对面,跟我谈学习对于一个人是多么的重要,他的车轱辘话翻过来倒过去地说,直到我整个人倒在床上,

他把被子拽到我身上,接着表达自己的人生观。我很快就睡着了,睡得特别踏实。中国人缺少用肢体接触来表达爱,我们多用语言和陪伴。那个说话人的语气、态度、口音甚至坐姿,都是那么亲切。

只是现在的我们,每时每刻好像都在跟全世界交流,可依然那么孤独。

几个同事聊起古人,他们见面或者离别的时候,都非常有仪式感。有两个人背起了《三国演义》和《水浒传》兄弟分别时的诗句,另一个同事唱起京剧某个离别片段。古人,真雅!

昔我往矣,杨柳依依。多少诗词描绘这种场景,多少中国画丹青铺陈,中国人的离别永远那么唯美。可是,今天,我们能认真个地跟别人道个别吗?我们还有揣摩每一个字怎么下笔,才能让另外一个人"见字如晤"的心境吗?也许你有心,但是,已经不知道谁值得你那么去做了。

微信里的很多朋友,不过是一个符号,他们像鱼缸里的小石子,沉下去,逐渐失去光泽,被遗忘。

技术的革命,让一切都变得简单快捷。我们的人生顺便也被新技术革新了,未来,也许我们会跟机器人更亲密吧,他们能超越IP。

我始终跟这个世界保持着距离,在人群里单枪匹马,活得原始而复杂。我就喜欢在家待着,这一年觉得"宅"代表舒服。家里有人,还有天上飞

的、地上爬的小伙伴，它们纯净的眼神儿散发着对这个世界的信任。我们彼此信任。

不装。不是因为我不想，是因为实在学不会，而且本性太懒，只好守着真实不矫情地活着。真实最省心，不见那么多人，就不用扮演太多角色，人生不长，我得特别有底气地活着，不装，就这样了！

把现实中的朋友圈减到最小，偶尔的相约，每次都能聊到笑得眼泪打眼眶里挤出来，那也不耽误一边拿手划拉眼角，一边继续海聊。每当这时，都会觉得，一辈子有这样几个朋友，也就够了。一个话题，聊了小三年了，还那么有新鲜感，张嘴就是喜剧，这真不是一般人能跟上节奏的。幽默也需要对手。

没人可聊的时候，我就闷头在家看书，用实际行动践行"粗缯大布裹生涯，腹有诗书气自华"。不过，从效果看，我只践行了前半句，后半句的人生啥时候能显现，似乎还没影儿。

但我依然，对这个世界，保持礼貌。

辑一

这辈子到底有多少算『正事』

有人说，日子每天都差不多。怎么能差不多呢？我每一天过得都波澜壮阔的。幸亏时间是个定量，要是跟猴皮筋一样每天可长可短，我疯的概率会比一般人快。但时间恒定，救了我，在二十四小时里，我正眼注意生活细节的时间就那么点儿，所以，格外关心，这一分一秒是怎么出溜走的。

我的耳边总有人嚷嚷："你能干点正事吗？"可是人生有多少算正事呢？也许连正事本身都不值一提。每天就是小事，我们能把这些小段落活带劲儿就行，跟自行车链子似的，一节连着一节，你脚底下一给劲儿，能走很远。

那些惹祸的小事儿

我的一个朋友急急可可地给我打电话说"不想过了",嘈杂的环境一听就是在公共场所,她说正带着孩子回娘家,我脑子里马上出现了一手牵孩子一手拎包袱的女性形象。她呼哧带喘告诉我,老公辞职俩月了,也不急着找工作,天天在家玩游戏。"你说,他要是平时上班忙,周末在家偶尔打打游戏我也能理解,可现在不给我这儿交钱,还整天玩。我擦地,他就跟没看见一样。我就紧着在他脚底下擦。要一般男的,有点儿自觉性,就起来擦了,可他眼睛都不离开屏幕,你擦左边他抬左脚,你擦右边他抬右脚,你横着擦,他就把俩脚都抬起来。我一气之下就走了。"这个朋友把一小时之前的事又给我详细地描绘了一遍,不交钱却玩游戏,她把自己说得像个开网吧的店主。

我们之后的交谈始终纠缠在一个卖力养家的女人是不是该包容一个不工作却在家玩游戏的男人上,她每说完一句话就强调一遍:"要搁你呢?"被问得急了,我说:"我跟他一块破罐破摔。"电话那边立刻不出声了。

婚姻就是张婚纱照,脸上多少麻子都能拿厚厚的粉给盖上,膀大腰圆的两口子也都有白婚纱和燕尾服,冰岛去不起,怎么也能跑巴厘岛出个外景,弄得好像所有湖光山色都在见证幸福,最后一道手,还有图像修片,最后交到客户手里,永远是你能挂在墙上,能逮谁给谁看的"我们俩前几天拍的"。可是,过日子,首先得把脸洗干净。

这个朋友"不想过"的那点儿事,跟身边几个朋友都诉说了一遍,我们众口一词地劝,俩人却直接进入冷战阶段,打游戏的男同志脾气也上来了,谁也不理谁。好像谁主动说话,谁就丧失了做人的标准。

婚姻连打个游戏都禁不起。当然了,有人的婚姻毁在牙膏上,牙膏到底应该从最下面往上挤还是应该拿起来随便挤,手法不对,没准儿就过不下去了;而吐的牙膏沫子应该在洗手池子里,还是在池子边儿上,对婚姻也是一种威胁。咱就更别提,马桶圈儿是不是掀开了。有时候,推倒婚姻这堵墙的就是小事。

很多家庭里都有个鸣冤的声音:"我付出那么多,你却无动于衷!"我们都在以自己的标准为荣,以别人的标准为耻。有些女的自认为窗明几净是标准,好多男的觉得大面儿上过得去,凑合就行;有人觉得闹钟一响立刻得翻身起床,另一些人觉得能多睡会儿就赶紧赖会儿。

每个人都有自己的标准,这是在我们从小生活环境中逐渐养成的,别指望一结婚就立地成佛了,其实结婚就是揭开本来面目的过程。如果你拿勤劳质朴当标准,那你一定看不得别人有丝毫的懒惰。

你还别说别人,我妈跟我够亲的了,血浓于水的关系,只要看见我在床上多躺一会儿,就会说:"你就不起好作用,赖床的毛病都让孩子学走了。你怎么能比孩子还睡得多呢?"所以我至今保持着早晨五点半起床的习惯,动作从不拖泥带水,跟有过消防队生活似的。关于起床,这是她的标准,如果你六点才起,那就属于赖床了。

  我们每个人都有自己界定的标准,我们希望别人服从,我们理所应当地去强迫另外一个人的边界感。放过小事儿,也许能过得更加从容。爱是付出,如果你不横下一条心有点儿"我干了,你随意"的精神,这日子常常会亮起"过不下去"的红灯。

没情怀的人就别送礼物了

我一直觉得送礼物这事体现的是一种温暖人心的情义，后来我逐渐发现不是那么回事，什么都不送没准还能少给自己惹点儿事。

一进办公室胖艳就告诉我，她的闺蜜刚送给她两盒咖啡。其实我平时不喝这东西，但听见她说："我刚看盒子里的说明书，这咖啡有壮阳功能。"我立刻来精神了。把密密麻麻满是字的说明书在屋里大声朗读，真长学问，说这咖啡里放入了一种沙漠植物，植物是雌雄同体，喝完最大功效是提高男性生殖能力，步入美好人生。我问胖艳："你在这闺蜜心里是真汉子，送你这个，大概想看你能不能长出胡子。"

尽管这么说，我的好奇心越来越重，于是拿过杯子哗啦一下撕开口子，放眼一看，屋里四个女的，全不对症。就跟冲一杯普通速溶咖啡一样，兑完水拿筷子搅和，几个女的迅速围拢过来，拽着我的胳膊："我闻闻。"那能闻出什么？咖啡味儿呗。因为看不出不同，开始彼此怂恿"尝一口"。

别看咖啡摆在胖艳桌子上，但她根本不动凡心。我直接喝了一口，不甜，挺好。然后我主动端到其他女的嘴边："你也尝尝，我怕我尝得不准。"就跟战场上大家分最后一杯水似的，每个人都小心谨慎地只吸一点点,咂摸一下滋味,再传给下一个人,彼此只是对一下眼神儿。屋里很沉默,大家都在思考唇齿之间到底是啥。只有推门而入的白花花,二话没说直接一饮而尽,把杯子重重放在桌上:"这咖啡怎么有点酸啊?"大家都瞪着眼看她,因为我们只是觉得不甜,没发现其他的味道。这药引子被白花花一下就传得尽人皆知,若干男同事到我们办公室拿咖啡。最后胖艳桌上只剩下一张被抽出来的壮阳说明书。

上次有人送胖艳保健品,她半夜口渴沏了一袋喝了,本以为增强代谢功能的,最后胸涨难忍,差点打120,因为憋得都快犯心脏病了。打开台灯仔细阅读说明书,合着是丰胸效果的冲剂。比药劲儿都大的保健品,还头一次遇见。我跟胖艳说:"你能别什么小礼物都收吗!"

本来我想尽数一下她身边不靠谱的闺蜜,可转念一想,我身边也有不少这样的人。有一次我生病,转天就能出院了,一个不太熟的朋友非要来看我,大概觉得不来不合适,我叮嘱她千万什么都别买。病房门一开,这朋友举着一束花来了。我一看那花,心里就想问:"您平时给别人送过花吗?"就算非洲菊色彩鲜艳,可也是菊花啊!没有花瓶,她沉默着弯腰把一束菊花躺着放在床头柜上。她说:"你不让我买东西,我就买点花吧。"幸亏我能出院的喜悦还在,赶紧接上她的话:"你还买白酒了吗?咱洒点儿,凑一套。"她疑惑地问我:"你不是不喝酒吗?"情绪整个不在一个频道上,可为什么要送我这花呢？

我结婚那年，作为闺蜜，一个朋友为了表示跟我的亲密，在饭馆迎着上菜的伙计笑盈盈地说："送你的礼物，你一定用得上！"我每夹一口菜就想这是啥神秘礼物呢，里三层外三层包得可好呢。到家一拆，六条老年胖大娘穿的纯棉松垮肉色大裤衩，那裤衩大得能装进去我俩胯。赶紧打电话问这干吗用的，对方说："等你生孩子，肚子越来越大，裤衩就用上了。"真是好朋友，老年胖大娘裤衩被我珍藏了五年，到该用的时候再也没找到。

我们身边总有一些"大方"的朋友，他们让我们对"礼物"这个浪漫美妙的词想躲着走。

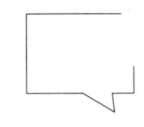

我嘴里没味儿，味儿在胳膊上

晚上把厨房里的西瓜皮扔楼道的垃圾桶，因为虚掩着门所以离垃圾桶一步的距离，我蒙着那么一扔，垃圾咚的一声入位，我的胳膊也噗的一下，我听见的这声甚至比垃圾的声音还清晰。狠狠跺脚，楼道里耳背的声控灯亮了。我胳膊上两个眼儿，跟喷泉一样往外咕嘟咕嘟地冒血，瞬间跟缠上了红丝带似的。垃圾箱里斜着向外伸出一根满是铁锈的铁片，两个尖像把剪子。

说实话，那一刻我确实有点傻，地上滴滴答答一片血。我倒没觉得我的伤有多严重，我就是为那一地血发愁。不管吧，明天再有人报警，以为夜里发生命案了呢。管吧，我胳膊还冒血呢。最后一咬牙一跺脚，用毛巾捂住伤口，拿墩布把楼道卫生给做了！

我冷静地分析了一下我的伤口，第一时间打开橱柜，拿出还剩半瓶的二锅头，当水全倒胳膊上，这是家里度数最高的消毒用品了。然后悄无声息地拿车钥匙自己当120去医院挂急诊，因为那铁锈实在是我的心病。导诊把胳膊上扎俩眼儿的患者直接分到了骨科，所以我身前身后全是浑身鲜血缺胳膊断腿的人，而我像患者家属一样，刚才还呼呼冒血的胳膊一到医院愣是出落得就剩俩皮开肉绽的小口子了。

清洗伤口的护士问我:"你喝酒了?"我没有!我嘴里没味儿,味儿都在胳膊上。等待破伤风针皮试结果,揭秘的时刻终于到来,我大半夜的跑来不就是为打一针去心病吗?可是护士告诉我:"您过敏不能打针。"大夫的多半张脸在口罩里:"你这病走不了医保啊!我给你开盒消炎药,吃两天头孢就行。"我这是得什么丢人的病了,打不了针还走不了医保。等我拿到头孢一看,主要功能是治疗胃炎的。为了踏实,我又拿着药盒找大夫,"半张脸"拿圆珠笔敲着第四自然段:"你属于其他。"我拿过来,看见在胃炎的三行半处写着"及其他炎症"。

打骨科出来,拿着胃药,我觉得心里坦然多了,差点把自己哪有疾患都忘了。

转天下午上班,坐我对面的胖艳问我胳膊怎么弄的。我交代完病情,这个二十多年前曾在急诊待过几天的人发话了:"你怎么能不打破伤风针呢?二十四小时不打就有生命危险。你去骨科医院,那总有民工把钢筋插胸口或者脚丫子里,肯定知道怎么救你。"她扔下这句话采访去了。我这心啊,开始翻江倒海,立刻就冒汗,我问办公室其他人:"你们热吗?"我听见他们说:"不热啊,空调还行。"我这就开始出现感染症状了?

接下来开始打114,查医院电话挨个问有脱敏破伤风针吗?答案都是NO!我一边给自己二十四小时倒计时,一边把求助信息发布在两个微信群里,网友的力量是强大的。有人给我找了个郊区专门倒腾进口药的,说出高价就卖;还有人找了临近城市的医院,得坐高铁过去；还有人建议我去儿童医院问问……最后终于打听到离我并不远的大医院有不过敏的外国针。怎么那么寸，我还没带钱，找同事借了债，赶紧奔医院。忽然想起，孩子让买的喂蜥蜴的大麦虫没带，又上楼一趟，怕它们憋死，找了个没盖的小盒让它们吸氧。

我到医院门口，一个闺蜜打来电话，"你怎么自己去医院了，我陪着起码能帮你拿点东西。"我说，你帮不了，我就带了一盒肉虫子，它们还总往外爬，得不停往回扒拉。

我就是带着这盒虫子，再次进入骨科。大夫正玩游戏呢。我说我要打脱敏的破伤风针，大夫大概有一阵没人跟他说话了，声音突然就大了："我们这没脱敏的针。一种便宜的，是从驴血液里提取的，得做皮试，还有一种是从人血液里提取的，不用做皮试。你打哪种？"我对驴过敏，肯定得打人的吧。我就追问了一句："人的，是哪的人的？"大夫说："哪的，也不是你们家亲戚。都保证不了不过敏，一亿个人都没事，到你这不行了，怎么办？"我那些虫子都爬出来了！我战战兢兢地问："要您是我这情况，您打哪种？"大夫把手机一扣："要是我，我都不来医院，我心疼钱。"

来自防疫站的消息是，只要及时处理了伤口，吃了头孢，创面不接触牛粪马粪就不会有危险。我心里还踏实点儿。这时候，闺蜜再次打来电话问："打了吗？"我答："被轰出来了。"她问："虫子跑了吗？"我答："虫子全保住了！"她满意地说："你可算办成一件事儿！"

记一件难忘的事

在外国，带着童男童女闲逛，虽然我是路盲，但人家那路一般都是直来直去。我觉得看看街景一会儿就走回去了，可哪承想，看哪儿都熟，每个路口四通八达，我打哪来的啊？

还躺在酒店刷朋友圈儿的朋友回复："顺着走，一会儿就到。"后来她又追了一句："发你地址，你导航也行。"

三个方向，顺哪边啊！我决定去问路，不会说英语起码会比画。俩孩子站路边扭捏，还拦着我："别问，你会问吗？他们长得都不像知道路的。"我看了一下红灯对面的男人，长得还行啊！童男说咱导航。可发到我手机里的是个图片格式，酒店名字老么长。我们站马路边比谁记忆好，看谁所有字母都能记住，比得天快黑了，也没有一个对的。于是我提议每人背四个字母，他们俩站在路口背的时候，我去拍教堂。

路边有个机器人，我们对暗号一样说出自己掌管的四个字母，在高德地图里按搜索，出来一行字："试试神马搜索"。童男一遍一遍重复"神马搜索"抢着手里打超市买的便宜牛奶爆笑。再试一次的时候，我才说了一个字母，旁边路灯就开始"啾啾啾啾"，我听这声音，条件反射，抬腿就想往马路对面跑。

童女抢过手机，启用百度地图，按字母搜出了利顺德。地图里显示利顺德离我们八十七公里。他要走着去。我说第一不可能那么远，第二我们不可能住那么高级，但俩孩子认为自己住得倍儿高级。

我再次提出我去问路，因为看见一个步履蹒跚的外国大爷。俩孩子满脸不屑："会英语吗？就去问？"我觉得不会英语嘛都不耽误。定了定神，我热情洋溢满脸堆笑舞动双手，对外国大爷哈喽哈喽，大爷没抬头，装没看见也没听见，腿脚不好还赶紧捯，跑了！让孩子在后面这通笑。

这大爷也是，你跑嘛呀？我好歹是一女的，长得也不像坏人，就算我在路边跟俩孩子嘀咕半天，再冲过来，也不可能劫财劫色找老头啊！外国大爷一点儿热心肠都没有，我立刻对这个城市都没好感了。

我站在路口的机器人那，想让俩孩子给我照个相，作为迷路的路标，俩人都躲，不管照。

我们变换了很多次队形，后队变前队，继续找路。这时候，觉得超市冰激凌买便宜了的童男童女开始说再走冰激凌就快化成水了。我们的步伐也变得焦灼不安。按照地图，我们就在目的地一墙之隔，说是墙其实就是一个大陡坡，一边是必须遵守交通规则，一边是再不到酒店冰激凌就化成水儿了，我迟疑了一下，指挥官一样举起手臂指着正前方："同学们，冲！"仨人瞬间就翻墙过去了，两百米外就是我的酒店。

俩孩子当晚就写出了一篇《记一件难忘的事》的作文，一边写一边笑得要挑房盖儿，在作文里还在笑话我问路没人理。

生命激情 代购靠的是

在飞机上,我一再嘱咐身边的人,咱是看风光来的不是干代购的,务必要冷静别嘛都买,冲动的时候一定互相提醒。大家都点头,决心挺大的。第一天进超市我也就看看物价,可身边忽然喊了一声"牛奶比水都便宜",我抄起两大桶就扔购物车里了。勤俭持家的人心里算盘一扒拉,我看我旁边的人不但买了牛奶还买了酸奶。外国没有小包装,什么都是一公斤起。买的时候图便宜,觉得慢慢喝呗。

在家都不怎么喝牛奶的人,忽然要把牛奶当水喝,雄心是有,但真灌不进去啊。我每拉开冰箱一次,想的就是"这得什么时候能喝完啊"。半夜有人敲门,隔壁买酸奶的同志,热情地端着满满一碗白乎乎的酸奶进来,一屁股坐床上,把碗举向我:"再不喝就得扔,别浪费,你也尝尝这味儿。"我使劲摇头,外国酸奶以前就领教过,我还多半桶牛奶得消灭呢。我问能不能拿牛奶换酸奶,对方摇头。

炙热的目光望着我,那意思我不喝完把碗洗出来,她就不走。我接过来往鼻子处一放,果然一股面肥味儿,那叫一个酱,一口酸奶得咽半天,要不都挂嗓子上。我就那么把又酸又涩的酸奶咽完了,就当接受了组织考验。转天,我们的感情立刻升华,好像昨天喝的是拜把子的鸡血。

一位国内的朋友要求我给她的孩子买退烧药，我问让我喝酸奶的同志："你知道小儿退烧药英语怎么说吗？"她拿眼睛扫着货架子："我觉得不用英语，咱找找画。小孩的退烧药肯定得画个有红脸巴的小孩，表示发烧。咱就找盒子上有红脸巴小孩吧。"在婴幼儿药品中，画着小孩的多，可没红脸巴的，是不是外国孩子发烧脸不红啊？

后来我发现了好多小孩，有的流鼻涕有的嗓子眼冒火，盒子另一面画的是棒棒糖。看图上表示的意思，好像有治咳嗽的棒棒糖，有治感冒的棒棒糖。我正摆弄，她说："人家让你买嘛就买嘛，别自作主张，回头买点儿棒棒糖，再吃出别的病。"我使劲点了点头，把小孩流鼻涕的棒棒糖盒子放回货架。

这时候我的手机微信又开始出现代购信息，我央求对方，能发个图吗？不光是我，几乎所有人的手机开始频繁收到亲朋好友求购的信息。我们举着手机蹲在奶粉的货架下面，一公斤的奶粉还真压手，我们目光炯炯。我说："这袋奶粉合人民币不到三十，你查查咱那代购多少钱？"网络世界就是好，一扫条码，商品信息立刻就出来了，价格从八十块钱到一百二十块钱都有。奶制品买上瘾的同志一声令下："买奶粉！"我看她把货架子上的奶粉全放车里了。我说："你可别冲动，万一其他地方比这还便宜呢。我建议，咱们先不买，把附近超市相同商品价格做一个表格，哪便宜再决定去哪买，如何？"她看了我一眼，表示同意。

回到酒店，一份详细的价格对比表就出来了。不对比不知道，不同超市相同商品的价格经常差一倍，那些做代购的人大概手里也有这么个表。拿着这样一张表，简直就是作战图。无论是保健品超市生活用品超市还是药品超市，几个人推着空车进去，货架上有什么往车里放什么，我看见他们愣是买了十几盒牙膏。我狐疑地问："这牙膏有什么特别的啊？"对方说："一刷牙就变白。"像神话。

奶粉、护肝片等等，所到之处货架必空。我游手好闲看着他们装车，这时候一个中国小伙子走过来举着手机图片问我："葡萄籽，这有吗？"别说，这么多天饭后消化食到处踩点，对各种图片了然于心，立刻跟导购一样把他领到货架前，看他像到了阿里巴巴发现的山洞一样，使劲往车里装。这些人，不知道的，以为超市理货员呢，每人都那么敬业。

我算是最冷静的。即便这样，我依然买了一堆到家扔一边，甚至不知道有啥用的东西。代购是需要生命激情的，比看风光鼓舞人。

爱情就是你嘴巴子上那些擦不净的口水

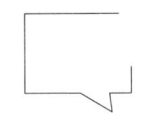

爱情的表达方式有很多,当你埋头看惯了思密达们,脑子里留的印象全是宋钟基宋慧乔那样的,觉得人家那俩怎么看怎么舒服,你一点儿都不嫉妒。可是生活往往残酷,真实得给人添堵。跟电视里一样一样的情节,换俩人看得你这个不得劲儿啊,都是爱情,都年轻,都是男的向女的表达爱意,看得我把半拉巨无霸都剩下了。我也在内心千万次地问过:为啥?答案是,长相太重要了!

其实我还真没看见那俩人的长相,完全是从他们的身材穿着揣摩出来的相貌。因为等车,外边太晒就在麦当劳里买了个汉堡,起码这样占个座踏实。我的余光里有俩人面对落地窗坐着,要不是因为男的动静太大,我根本不会用正眼往那边看。男的打吧台那种高座上猛地蹦下来,一跨步绕到女的背后,把大杯可乐举到女的头顶,另一条跟熊的臂膀那么粗的胳膊搭在女的肩头,一拽,女的脑袋歪得都快掉了,看着那么悬。男的俯下身去,冲着女的嘴巴子叭叭叭嘬了好几下。之所以用"嘬"而不是亲吻,实在是因为动静太喧哗了,那么闹腾的一快餐店,我跟他们后背至少离着五十米,那一声声清脆悦耳的音效,跟嘬大气球似的,女的脸皮真瓷实啊!

男的很潇洒,嘬够了,擎在空中的可乐放下来,很潇洒地推门而去,多一句告别没有。站在玻璃的另一面,冲里面晃了晃杯子,我听见他说:"你注意安全!"然后就没影了。男的长得很壮(又高又胖是不是得用"壮"来形容),正面我看见了,但对他的长相没什么记忆,就算长得再特别也都让肉给盖住了,所以没印象。

我本来并不愿意去注意一瞬间之后的事,毕竟我手里还有汉堡呢。可是那女的对待爱情的举动让我痴痴地对着她的背影看了半天。她并没有放下手里的菠萝派,而是端起一侧肩膀,缩着脖子一下又一下互相蹭。一般人就算痒痒,蹭两下也就行了,可是她没有停。马上把菠萝派倒到一只手,用腾下的另一只手,薅住自己黑色印花雪纺衬衣的领子擦那边被男友用力嘬过的面颊。

听过拿铁刨花刷钢种盆吗?唰啦唰啦,五十米外的我听得清清楚楚。动作那叫一个不解气,哪是对待自己的脸啊,对待用了十年没清洁过的抽油烟机都没这么费劲。我当时就在想,那男的亲吻女人的方式,为什么跟吐唾沫似的,让女友在他走后的五分钟里一直擦啊擦啊!

我的公交车来了,紧跑几步上去,只有门附近的地方显得空一些,我拽着扶手站在一个女人旁边。打我站那,她就一直对着手机屏幕看。别人也看手机,但里面不是游戏、电视剧就是小说,她半天只对着一条短信,而且还是她自己写的,一边看一边抽泣。要是不吸鼻子,我也不会注意到她。我非常不道德地使劲看了一眼她的短信,"老公你在我的人生里是最好的人,因为爱你,我才小心眼",

打我上车，到不得不下车，六站地，她对着屏幕搜肠刮肚地赞美老公批评自己，但依然觉得不深刻，改了又改，所以六站了，居然就没下决心发送。

我临下车的时候回了一下头，看了一眼这个女人的样子，很普通，眼圈红红的。

这就是我们生活里的爱情。离一切电视剧那么远，粗糙、潦草，那么不通顺，但真实。我们都是那些无法用长相赢得精彩人生的人，站在他们的背后看各自的爱情片段，你会觉得可笑，夸张，其实别人若在背后看我们，何尝不是这样的印象呢？因为爱情本来就粗糙、潦草、不那么通顺。它就是你嘴巴子上擦不净的口水，是你过了六站地也发不出去的一条短信。

我们的人生永远走不进电视剧里。

老喜丧也发电子邀请函了

我忽然领悟到创业的艰难了。赵文雯在电话里央求我跟她去参加一个会,因为我是她唯一能做主的"有点儿名的人"。我语气一沉,吐沫还没咽下去,她话又进我耳朵里了:"你受累出现一下,我就为了交换名片,看看明年业务能不能拓展,现在挣钱不容易,你就当陪我练摊儿了,行吗?"这话就跟捅火药上的烟头儿赛的,我赴汤蹈火的劲儿立刻上来了。"地址发我,我打车去。"

会议地点在荒郊野外的五星酒店,这一路赵文雯一直强调"来了有小点心,晚上还有自助餐",以为这些嗟来之食能勾起我的兴致,其实天可明鉴我就是为了给她捧场,还特意换了身正装。酒店大概新开不久,转门不转,我站半天等着人体感应,还是保安喊了一嗓子"推门",我斜着膀子把大玻璃门给顶开了。大堂特别空,也没有指示牌。我一边给赵文雯发微信,一边找服务员问会议现场在哪,可穿花旗袍的服务员劈手递给我一个酒水单问:"您喝什么?"这时候赵文雯来电话:"五楼五楼,扶梯电梯你打算坐哪个?"坐哪个也没优惠,我就近上了电梯。

赵文雯正伸脖子在扶梯口等我,我们跟俩哺乳动物似的彼此蹭了一下肩膀,挎着就进会场了。坐定环顾四周,人真不少,大家素质还挺高,没人说话。尤其在我旁边桌落座的,一脸严肃耷拉着嘴角,打面相看就知道效益不好,赵文雯参加这会能找到合作伙伴吗,我心里都嘀咕。

我正东张西望,赵文雯低头小声凑过来:"注意你脸上的表情,你能别笑吗?显得素质特低。"我拿手把嘴角往下捋,忽然发现有人脑袋上别着"喜"字儿,拽过赵文雯:"这是有人结婚吗?"她看了我一眼:"有人死了。"

"咱参加的合着是追悼会!"赵文雯一把将我的嘴捂住,满手橘子皮味儿。

"你什么时候进军殡葬行业了?"我问。

"我压根就不知道这是个追悼会!既来之则安之。你想点悲伤的事,一会儿还有你发言呢。"赵文雯一字一顿的时候,我看见那些别着"喜"字儿的人去吧台上去拿点心。

"这些人中午吃饭了吗?"我就好奇这个。

"吃了,自助,二百八一位呢。"赵文雯推过一盘子橘子。

"吃完自助,肚子还有富余地方?这些人得多缺嘴儿啊!"我才把整个现场环视一遍,老喜丧的电子邀请函在LED大屏幕上还挺晃眼,而且我居然在快速滚动的邀请嘉宾里看见了自己的名字。

看在还真有人跟赵文雯交换名片的份上,我拧开瓶水稳定稳定情绪。这时候,一个穿燕尾服的大哥忽然蹲我腿边:"茶歇完,就是您致辞。"跟晴天霹雳一样,我手心里都冒汗了。

话筒交到我手里那一刻，我四步就走到舞台中央了，人生悲喜在脑子里过了一遍。好歹我算是一个有舞台经验的人，TED演讲技巧烂熟于心。可是，说什么下面百十来号人都那么面无表情地看着你，鸦雀无声，越说我心里越虚。就在我使劲往外掏人生感悟的时候，一个穿黑旗袍的姑娘斜举着一块小黑板打我面前飘过去，上面写着"您的时间已到"。太吓人了。

我都不知道自己怎么打聚光灯里走下台的。一屁股坐下赶紧喝水，赵文雯推着我大腿晃："你讲得太好，我太爱听了，以后我的追悼会你也给主持行吗，把我写好点儿。"我没搭理她，穿衣服赶紧走，还得接孩子呢。

我前面走，还真有后面追的。一位大哥举着名片塞我手里，说希望以后合作。我幽怨地盯了赵文雯一眼。

互联网时代传播力度真大，我刚到家，微信就响了，好几个要求我主持追悼会的。我说回头竞标决定吧，谁给钱多我抱谁大照片去。居然一个朋友还真当真了，在那嘱咐："我下辈子还想走入婚姻，你能在主持词里提一句吗？"我回："行，我标注上：这是一位结婚上瘾的死者。"

晚上赵文雯微信转给我五百块钱，说主家给的答谢。我劝她，咱别创业了，这帮人太抠儿！

马桶里为什么有水

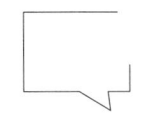

我的裤子褂子必须有口袋,因为总有一些东西需要随身带着,像钥匙、手机、门禁卡什么的。可是总有寸劲儿的时候,刚要往马桶上坐,突然听见啪的一声,我转身一看,门禁卡打兜里滑出来掉马桶里了,好在是自家马桶,我连袖子都没撸,手就进去一抓。我弯着腰甩了几下,去揪手纸,心里盘算着,办张卡二十块钱呢。这腰还没伸直,咚的一声,动静特别大,一听就是个重东西掉水里了,我一低头,我那苹果手机正往下沉呢。

我裤子口袋里就这俩东西,全便宜厕所了。二十块钱的还没擦,赶紧扔一边,劈手又是一探,第一下还出溜出去了,再抓,攥住一看屏幕还亮呢,在马桶里掏东西简直跟变戏法似的。网上都说手机掉水里得赶紧关机,我急得都快不知道关机键在哪了,好几千呢!好几千呢!

半卷手纸给手机裹上,它像个刚打完群架的小伙子,我心里这嘀咕。为了让它速干,我把裹好的手机摆在暖气上,用吹风机对着它狠命吹,这面暖和以后翻个儿,吹反面。手法娴熟得像烧烤,我就在那不停地翻啊翻啊,手腕子都酸了。我觉得差不多了,因为一摸手机,烫手,里面就算有点儿水,估计也早开锅了。

我就跟拿着块烤山芋似的，小心翼翼，一层一层剥开手纸，把手机捧在手里吹吹，然后战战兢兢地——开机。还真亮了，心踏实一半。我赶紧上微信，发现语音听不了，再打开QQ音乐也没声音，我干脆用座机给自己打了个电话，听筒里一片空白，合着手机聋哑了，直接改为汉显大BP机。我告诉大家以后找我尽量发文字，不要打电话或者留言了，大家却威胁我手机很快就炸了。

我对文字还是有质疑的，因为常常有人会曲解人意。比如汉显大BP机横行的年代，我听说一个对我有好感的男同学病了，就大晚上跑到公共电话亭给他的BP机留言，先要把电话打到传呼台，由那边的女接线员把汉字输入，传到他的汉显大BP机上。我青春年少被电话里的人称为"王女士"，她重复了一下我要留的言："请问王女士，您是要给98764用户留言'你是有病吗'？"我说是，对方说："对不起，我们寻呼台不能传播侮辱性语言。"我哪侮辱了，我关心别人呢，我就是想问问他到底有病没病，要真有病我就去看看。可传呼台冷漠地挂断了我的电话。我接着拨号，小窗口里老大爷说："一个啦！"开始计费。当传呼台接通，又一个带着口音的姑娘问我留什么言，我说："留：你要没死，赶紧给我回个电话。"姑娘说："你怎么能这样呢？"哎呀，给BP机留个言太费劲了，我们平时就这么说话的，可传呼台姑娘们站在道德的制高点，告诉我这样的情况最好留言："祝你早日康复。"就因为传呼台总搅和，我对这男同学最后一点好感都没了。

为了避免文字歧义,我的脑子迅速转,积极想办法,怎么能少花钱解决手机的问题。后来我打网上买了个蓝牙音箱,再出行,我手里托着音箱,别看体积小,环绕立体声老么大音儿。我妈问我是不是去她那吃饭,隔两里地都能听见。

有一次坐地铁,人特别多,我正捯换俩腿,一直站我旁边的老太太对我说:"像你这样的年轻人不多了,得坚持下去。"我挺惊讶的,没机会做好人好事啊!老太太说:"你都听一路京剧了。"我把包拎起来放耳朵边,可不!我说这一路谁那么讨厌一直放这个,本来车厢里就够乱了。合着手机不知道被划到哪儿了,跟半导体开了似的,停在戏曲频道了。

我一进厕所这个恨啊,真恨不能把里面水给掏干了。

五百块钱能买多少花

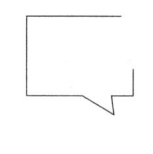

出了本书,出版社让开签售会。这都互联网时代了,连老头老太太都会用支付宝了,谁还上书店买书呢?其实我心里一直嘀咕,就跟家家都用电磁炉,忽然让你去推销蜂窝煤赛的(天津方言,似的)。可箭在弦上不得不发,出版社早就发完了通告。

晚上一位北京自由化妆师问我几点签售,他会第一时间赶过来给我化妆。我就害怕化妆,我身边的至爱亲朋人人觉得我总出席场合,灰头土脸不合适,不穿得花枝招展已经太各色了,连脸都不抹黜一下还不如个男的,据说现在年轻男的出门都得在脸上打点儿粉底。

化妆师朋友刚跟完一个剧组,又参加了一个国际模特大赛,我看他朋友圈里那获奖女模特的妆容,愣没看出来是中国人还是外国人,深邃的大黑眼眶子,整个脸轮廓分明,肤色也跟白雪公主的后妈似的。还有张近照,脸巴子上的粉居然是紫色的,头发都看不出根儿状,跟打火场刚逃出来燎得都快焦了。我当时就想,这样怎么挤地铁啊,就算打车,司机非拿我当从事不良职业的女人不可。我还是当良家妇女代言人得了,小化妆师被我死劝活劝留在了首都,答应等我在京城有重要场合的时候他再出马。

我中午吃完剩饭奔到图书大厦，刚好还差半个小时。这时候闺蜜白花花来微信了，说有个朋友无法到现场，给她发了五百块钱红包，她手一欠就给点开了，人家委托她买五百块钱的花给我送来，所以她还奔波在找花店中。这个朋友对白花花一点儿都不了解，委托她买花就跟委托我买化妆品一样，他也不扫听扫听白花花用过那东西吗。

白花花是个特别实在的人，她心存美好，拿着别人的钱心想，"五百块钱得买多少花啊，我得把签售现场每个角落都摆上一枝"，她那么至诚地跟我念叨的时候，我赶紧拦住她："你告诉花店是送到签售现场，不是布置灵堂用的！我的大照片别摆中间啊，我还没化妆呢。"本来一句开玩笑的话，电话里的她却特别认真地回复："那我赶紧让他们把白花都换成红花。"幸亏我提醒一句啊！

白花花忙成这样还不忘叮嘱："一定得化妆！"我祈求她能晚点儿到现场，因为只要她到了，就能当着众人先把我拉到厕所，哗啦一下扯开她那个名贵的包，里面钥匙、烟盒、卫生巾、化妆包全滚在一起。恨不能把大白粉从脑门给我拍到胸口，一边暴土扬长还得一边数落："你能像点儿女人吗？提前洗个脸就能当化妆了？"她没有颜色淡的口红，手底下出品的全是鲜红色，套件和服我就是日本艺伎。所以，趁她带着几个人楼下运花，我早早站在台上开讲了。让我想不到的是，居然有那么多人为了见一个作者，买了全价书，站了三四个小时排队。我心里特别感激。白花花却站在一边愁这么多的花我怎么往家搬，然后找了个朋友给读者发花，一枝一枝打花篮里往外拔。

后来一个哥们儿打书店外面拍了一些照片发给我："出来一看都是您的队伍，都举着花，不知道的以为刚参加完婚礼呢。"我特别感激，白花花在关键时刻选了粉色的、红色的花。就如同我们所有人内心的颜色。

最后我抱着空花篮，照了个相。

手机能传辈儿吗

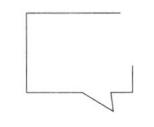

手机这东西也能传辈儿,甚至是隔辈儿传。比如我的手机淘汰了,给我儿子,我儿子看不上的手机要扔,这时候我妈出现了,把我儿子都不愿意用的又沉又大的手机全敛自己那去,"还能用呢,扔了干吗,我用!"自此,老太太在几个手机里都下载了微信,谁反应快用谁,这一抽屉高科技啊。

我一直认为我妈那么有文化的人,肯定会拿手机听听新闻或者看看小说,不想老年人光传播养生小道消息。事实证明,我妈确实只关心国家大事。有一天,愣是带了个"外人"来,她推开门并不往里走,而是站门口刷手机,边侧着头对外面说:"进来吧,没别人。"我作为一个活生生的"别人"就坐在她眼前呢。

我吓得赶紧站起来,"外人"不好意思地也刷着手机,俩人都低着头互相问:"你加我了吗?"我妈的手机因为太次,所以每屏转换起来跟不上人家的速度,她还挺着急把手机给我催我让手机快点儿。这时候"外人"说:"多亏您了,要不我们还得和平区买学区房。"我一听后背直发凉,我妈这是干什么大事了。

手机屏幕可算争气地到了她们说的页面,我妈催我把这个微信内容转给"外人",我一看,是天津市市区重新规划方案,说得有鼻子有眼儿,还有规划图。这虚假信息怎么我妈也信呢,还要转别人,她要不是因为太热情,估计"外人"也不会跟着到我们家,拿着规划图当宝儿了。

我当即脸上都挂不住了,站在她们中间,我说:"如果手机里说,咱现在住的地方,三楼归美国,六楼归英国,你们信吗?"俩老太太一边摇头一边:"怎么可能呢!"我一跺脚:"这不就跟这条微信内容一样吗?您举着规划图,谁也不承认咱国是联合国总部啊。"大概我比喻很恰当,她们马上明白了,"哦——不是真的啊!"

老年人太单纯。前几天下了点儿雪,降了点儿温,就开始传暴风雪马上来,没准断水断电,各家要准备罐头蜡烛什么的。老人们就用这个微信彼此嘘寒问暖,显得人间有真爱。最后一天比一天暖和,热得我把毛裤都脱了。

自从有微信,我妈有什么事也不爱打电话了,动不动就一句一句地对着手机说,倒是减少了数落我们的频率。她还建了个朋友圈儿,一群老姐妹每天发的闲七杂八的内容特别丰富,看看那里面人生就能重新扬起风帆。全是正能量,经常大晚上突然冒出来老年合唱团们洪亮的歌声,闹革命的激情都在那动静里。而我妈,也不开灯,靠在床上刷屏幕。因为她只看不删,所以严重影响手机速度,这个慢换另一个,床头柜的抽屉里,跟放着好几把手枪似的,抽出一把亮一把。

我妈是看不上那些成天发养生知识的,但不转发不代表她不吸收,老姐妹们互相发的多了,我们家餐饮就有了改变。忽然有一天,我打豆浆机里倒出了浆浆糊糊,浓郁土黄色液体,还有点儿发红。恍惚间我以为我举的是马桶呢,谁拉过肚子谁对这颜色熟悉。一问,我妈举着手机,那是一道倍儿管用的养生粥的制作方法。我这一早晨翻心啊,中午晚上的饭都省了。

自从有了这个社交圈,我妈开始关注国际关系了,老姐妹们语音聊的都特别任重道远,给希拉里指道儿,叹息朴槿惠的命运。而且什么突发新闻都是她告诉我,她就是我们家的自媒体。在她关注自媒体的时候,不能关 Wi-Fi,不能计较煤气关没关。

打游戏不上瘾的人生多无趣

有些东西确实能让人上瘾，尤其能让我这种命里缺恒心，凡是需要跟毅力沾边都离老远的人坚持，太不容易。我上瘾的第一件事就是打游戏。在全中国人民都开始买电脑的时候，我们家也买了，但买完其实也没什么用，就是练练五笔字型。那会儿电脑没牌子，全拿各种零件"攒电脑"，那么高科技的东西，弄得跟自行车似的，人人满嘴都是什么主板、显卡等等，你要不怕电死，电源连着，即插即用。我就是在这样科技大潮来临的时候当了一把弄潮儿。

光练输入法太无聊，我就去买盗版盘了。好像卖盗版盘自古就是违法的，所以我的记忆里，购物体验都是跟着个鬼鬼祟祟的人往胡同深处走，推门进去，那一床铺盗版盘，大家都在炕上瞎扒拉。我人生的第一款游戏就是《仙剑奇侠传》，现在看来，起步有点高，毕竟连挖雷的基础都没有就直接跳到大型游戏里了，可一玩就上瘾了。游戏倍儿讲人性，一个叫李逍遥的开始还到处挖点灵芝，后来逢屋就进翻箱倒柜，经常拉开柜门发现一个箱子，啪啦打开，宝物就归你，极大地满足了人的贪欲。你以为这里只有物质基础吗？当然不，没几关，就到了搞对象环节，还不止一个女的。经常是李逍遥带着这个女的一路翻山越岭去救另一个女的，关系极为和谐。把我给累的，盗版盘也没个存盘功能，经常是玩着玩着死机了，再重启，又退回到上一个关口。光是带着这些女的，我就不知道来来回回打过多少次寻仇的对手。可是即便这样，有个女的半截还病死了，我当时对着电脑就落泪了。不是心疼她，是心疼我自己，连续一星期，其中有两个晚上我根本没睡，为了在游戏里救人，怎么说死就死了呢！而且那些迷宫啊，东转西转让我颈椎病都快犯了。

为什么迷恋它，因为不甘心啊！自己忽然置身一个言情小说，一路打打杀杀男欢女爱，总得图个结果吧，每个关口都打了好几遍才能通关，偶尔打个盹，梦里磨牙的时候惦记的都是天下百姓。

后来谁再被斥责有网瘾，我心里就打哆嗦，因为那样的年代，我一个人对着一台乳白色嗡嗡作响的"486"几乎不眠不休地打过一星期游戏。也就是那一星期，电脑的键盘全熟悉了，各种操作也了然于心，甚至还弄懂了一些英语，因为在满屏不停地往外蹦外国句子的时候，你不得不翻开英语词典挨个查到底是什么意思，电脑犯了什么病。

好在那会儿也没人在我耳边不停地说："再玩游戏你整个人就毁了！"大概家长觉得要是连游戏都不玩，电脑简直就成了摆设。我一高兴，顺便把我爸也给教会怎么在电脑里射击，除暴安良了。

大概因为用力过猛，这一个星期就给我打恶心了，后来再也没跟这种长游戏较劲过，偶尔玩玩俄罗斯方块，几根手指头倒腾得那叫灵活，一闭眼，满脑子里都是大长条儿、大方块往下掉。也玩过一阵极品飞车,喜欢那种电脑里发出的引擎声,呜呜的,然后就是到处撞,对我后来真开车一点儿好作用也没起。

很多瘾都是有阶段性的,我的游戏瘾留在了电脑傻大笨粗的年代,留在了盗版光盘上。那也是青春的一部分,有一年的夏天,我不眠不休地成了李逍遥,翻山越岭地去找江山和美人。此后,再没有了这样的心境。

大姨妈的古早味儿

说实话,"大姨妈的古早味儿"是我对台湾的唯一印象。

那天干什么去我都忘了,把车停在一个特别宽敞的停车场里,别人都闲逛去了,我对琳琅满目毫不动情,就在停车场的边上找阴凉。这个大广告牌子怎么也得有两层楼那么高大,一个中老年妇女慈眉善目地在我对面墙上笑,她无声告白的就是这句广告语,老么大字:大姨妈的古早味。

我的脚都没往阴凉里迈呢,就被这句话给镇住了。我在那想,这主语是大姨妈啊,还是古早味啊。可古早味,到底是嘛味儿?为嘛非得是大姨妈的,而不是二舅母、小姑或者老婶味儿,难道大姨妈真的有特指吗?

从画面上推断,是卖冰棍儿的广告。冰棍和卫生巾的形象我还是能用肉眼分清的。可就在这时,同行的一个小萝莉向我飞奔而来,"阿姨,我想吃冰棍,一会儿让我妈妈给您钱行吗?"作为一个揣着钱的长辈,给孩子买根冰棍自然是不在话下的,但这冰棍味道,我不能细想。大约三个大冰柜里摆着各式各样的冰棍儿,居然纸上全写着"大姨妈的古早味"!就像我很多年弄不明白沙爹味儿到底是什么味一样,对着"古早味"的字面意思实在揣摩不出来。老板轻声细语地让孩子挑一个,小萝莉特别懂行,直接说:"我要百香果味儿的。"纸一剥开,嚯,还真红。

不知道是不是在台湾,大姨妈这个角色是个温暖亲切不能缺少的人,跟咱大陆女同胞理解的"那个"两回事,鉴于卖冰棍的是个大爷,这话我还真不好问。但我起码能问另一个问题。大爷很热情,并不正面回答我的提问,只说:"尝尝,很好的。"估计没见过那么抠门的大陆客,热得无所事事,也不舍得买根儿冰棍。

后来我在网上查了一下,得知"古早味,是对味道的极高赞誉,是一种怀念的味道",真涨学问。我们管这个叫"老味儿"。

在我们集市的路口,每天会支起一口大铁锅,里面放粗盐,点着火,师傅用大铁锨在里面翻啊翻啊,他一边翻炒一边吆喝:"大果仁——老味儿滴。"声音延续得很长。日尽将晚,这一声"老味儿滴"散发着炉膛里的暖意。你买多少都行,抻过来一张已经裁好的牛皮纸,热热乎乎的果仁倒进去,一裹一卷一塞,一个规规矩矩的三角形放到你的手里,一切真的就跟小时候一样。把炒果仁裹成三角形好像是那时候的标配。

说到老味儿,还让我想到哈萨克人的大铁皮舀子。在新疆的时候走得渴了,正好路过一家哈萨克人开的小超市,花五块钱买了一公斤牛奶。是直接用铁舀子舀了两下倒在薄薄的塑料袋里的,我把袋子下面撕开一个小口,仰着头把奶往自己脸上头一举,自己喂自己。阳光很刺眼,所以我好像特别陶醉地还把眼给合上了。

牛奶进嘴的一刹那,你猜怎么着!喝了几十年的光明、三元、伊利、蒙牛、海河等等，瞬间觉得曾经的奶简直还不如水呢。牛奶顺着嗓子往里进，立刻就把我拉回小时候每天早晨提着小篮去奶站买牛奶的日子。这才是我熟悉的"牛奶味儿"啊！

我咕咚咕咚原地没动用一公斤牛奶回忆童年了。才发现，我们味觉的记忆是那么牢固，它太能分辨出好坏真伪了。

我想，那个台湾的下午，大姨妈的古早味，应该也是如此吧。

每个双鱼座都活得大义凛然

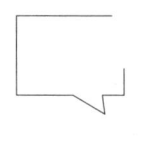

一个朋友拍着自己硬邦邦的大肚子："你是过来人，你看我这阵势，还能扛俩月吗？我真不想生个处女座。我就腻味那个座的。"腻味什么来什么，报应就是那么快。

"还俩月？再拖俩星期就不错，你肚子都快炸了。"我一边说她，一边翻月份牌儿。其实当年我也不想生双鱼座的孩子，我自己就双鱼座，再来一个，我得分裂。可是捏着预产期等了六个多月，人算不如天算，大夫说："剖吧。"我这还没来得及惊讶呢，双鱼座稳稳地就来了。也就是说未来我们家会有俩糊涂倒账的主儿。

很多人说双鱼座浪漫，作为当事人，很多浪漫都是装出来的。晃荡到一把中年，双鱼座干脆就回到人与自然的境界了，活得可朴实了，恨不能一件衣服管一辈子。只要不让自己麻烦，怎么着都行。比如吃饭，有些人总喜欢去新饭馆，挑战新菜品，点一桌子花花绿绿，各吃几口，就跟不是自己花钱，是来参加美食节目的。双鱼座可不喜欢图新鲜，去同一个饭馆点同一个菜还最好能坐在同一个位置上，最浪漫的事就是不走脑子地过一辈子。

双鱼座不太愿意尝试新鲜事物，比如我。我到现在也没办过信用卡，自打听说还有盗刷信用卡这种事，我就打消了占银行便宜这种念头。不但没有银行卡，我至今还用着折子。近几年银行里的老头老太太好像都不使折子了,可我还是那么浪漫,揣着小说,取点儿工资能一等一下午。我不是不想办卡,问银行,他们非让我找开折子的银行,我脑子里当时就想了一下闻讯的路线,要问会计开户行,会计退休了怎么办,银行分理处老远,办完还等……一瞬间我就放弃了办银行卡的想法,坚定信心在新时代发扬匠人精神,每月揣着存折银行看小说去。而且我把所有需要密码的,全设成统一的了,就这样还总忘呢,密码得别人替我记着。

双鱼座怕麻烦仿佛是给自己惹麻烦。就这样,双鱼座常常还跟天生失忆症似的,忘了约会,忘了承诺,忘了刚答应完人家的事,最要命的是,连个密码都记不住。邮箱密码,名称,不知道重新设置多少回了。就那么个折子,隔一俩月我就得给同事打电话问:"我折子密码是什么啊?"同事认为我是个"最有存兴"的人,因为别人初始密码早改了,就我天天问人家自己折子密码。

作为双鱼座,我其实也挺苦恼的。为了检验是不是只有我一个人什么都记不住,我悄悄问办公室另一个双鱼座:"你那些卡密码,你自己都知道吗?"她说:"当然知道了,你以为都跟你似的,只要一花钱,先给别人打电话问自己的密码。"可我还是纳闷她是怎么做到的呢,于是我让她把自己的卡包拿出来,当面做个测试。对面的双鱼座嫌麻烦的秉性马上就显现了,拿手扒拉我,把鼓鼓囊囊的卡包一甩,打开,一张一张往外掏。掏出一张反扣一张,拿指甲点着卡片上签名的白条处:"你自己看吧,每张卡的密码我都写卡后面了。怕自己忘。"这不是给贼"遇方便"呢吗！还不如我回回问别人安全呢。

如果记不住密码是因为数太小，可人脸那么大，你要指望我见一面就把这个人所有个人信息记住，几乎也是不可能的。就跟我开着车从来不敢走新路一样，一尝试准开不回来了，人家二十分钟能到的地方，我能转悠俩小时。

作为双鱼座所有缺点大概也是优点，因为就算再多的缺点在自己身上，我们也能忘得精光，而且活得特别乐呵特别大义凛然。

通往太平间的电梯真快

作为患者家属，最犯愁的就是等电梯，门一开全是满员，连个缝儿都没有。所以我选择爬楼梯，权当锻炼体魄了，病房在八层，这医院的一层顶住宅的三层，我不停地捯腿，抬头一看还没到，但累得都快断气儿了。每天要爬上爬下好几次，因为食堂在二楼，人总是要吃饭的。每次在我呼哧带喘的时候，同屋病友家属总是气定神闲，一会儿一趟一会儿又一趟，时不时还打包里掏出个毽子说去一楼大厅踢会儿。我就纳闷了，她怎么上来下去能那么快呢？

旁边床的病友被获准出院。因为住了二十多天，几乎把家当都搬病房了，搬走的时候自然东西也多。我拎起俩大包，大姐不好意思地说："快别麻烦你了，我自己就行。"看着那一地的物件，这一个人得搬不少趟。我拎着包出病房就往左走，因为电梯间在左边，六部电梯只有一部在这层停，我想快跑几步先按亮电梯。可是大姐从后面揪了我一下，一扬下巴，示意我往反方向走。我在后面问："那边有电梯吗？"大姐一袭黑衣更显苗条，边走边说："有电梯，没什么人坐，而且这梯还能层层停呢。"

我们绕到水房后面，确实还有一部电梯。大姐说："你在这看着东西吧，我去搬。"话音未落人已经快速走了。我把地上的袋子往一块儿归拢了一下，抬头看见电梯上有个牌子，红字特别明显：直通太平间。

我这心啊，开始有力地跳动。赶紧默念"阿弥陀佛"。

四周空旷，连做卫生的都不往这绕。搁一般时候，我肯定得把电梯按了，让它敞着门，再用自己半个身子挡着门，别把电梯放走了。可冲门框上那三个大字，我还真没胆儿去按亮那个向下的箭头。

为什么会害怕呢？我手脚冰凉地杵在太平间专梯门口。

"帮我按一下吧，最后一趟了。"大姐把三个包袱往我脚下一扔，人又跑走了。我觉得站在太平间专梯门口看东西挺多余的，在这牌子下面谁敢偷东西啊，连我这么正义的人心里都含糊。只听"叮"一声，电梯开了，我在心里告诫自己"别往里看"，可余光还是看见了一双鞋。

那鞋还动！我听见一女的打里面问："没人啊。"

那我是谁呢？我顺着鞋往上看。一个女医务工作人员，俩眼直盯着我："是你按的吗？是家属吗？"我语无伦次，赶紧强调"我不上，我不上"。电梯门又徐徐关上，还差一个缝儿的时候，那大姐"哎——"着就到了。

去太平间的业务并不多，所以电梯来得特别快，里面空间还真大。大姐搀扶着自己家病人，在里面跟我挥手，我叮嘱她们："回去好好养啊，早日康复。"通往太平间的大铁门关上了。专梯。真豁亮！在里面就能踢毽，连踢花样地方都够了。

而我每天依然在楼梯通道爬上爬下，再也没去过水房后面。

把自己活成一个榜样,真难为你了

一刷朋友圈儿,里面全是各种标兵。有时候我觉得这些被发出来的生活点滴,简直就不能太信,那些图片想尽办法告诉大家这一切是多么美。美被无限放大,太扎眼了。

有个人总发家里的一角,今天是楼梯拐角,明天是窗台一侧,今天是阳光下的多肉植物,明天是摆在餐桌上的一束花,所有的背景都被虚化,看着真美,而且整体散发着书香气。哪怕就两只碗,人家都得配点"二人食""他做的最美味的白饭"等等文字,突出一种情怀。让我觉得,人家那日子真是细腻。跟她家比,我家简直羞于见人,太普通了,除了必要的家具之外,什么都没有了。我也从来没动过往家买花的心思,弄个大瓶子戳那,孩子过来一碰再砸了,万一玻璃碴子扎孩子脚怎么办?插着接土,摆着会蔫,倍儿没用。

但我从来没有停止对那些在大房子里生活的人的仰慕,人家在阳光房里有秋千,阁楼上有书房,大落地玻璃处席地而坐端着杯红酒看夕阳,多诗情画意啊。咱虽然不美,但是欣赏美的心还是有的。

有一天顺路给这个朋友带个别人捎给她的东西,本着对美的向往就进去坐坐。虽然是三层的别墅,但那叫一个乱啊,家里满满当当的,连个空出来的地儿都没有。到处都是没用的却可以烘托情怀的，比如各种瓷人儿，各种烛台，各种茶具，各种书以及看不明白干什么用的电器。连楼梯上还趴着三只没地方待的狗。

我问她发朋友圈的那些图都是在家里拍的吗，她说："是啊，找好角度的话，哪都很美。"那么多东西，在里面坐着我都觉得憋气。人在追求美的过程中，活着活着就假了。

还有一个朋友喜欢晒饭，而且饭都是她老公做的。在我的印象里，她老公简直什么都干，什么炒菜刷碗，什么留言条、送礼物等等，四十来岁的男的依然保持着热恋的态度，难能可贵。每次这个朋友晒自己小日子的时候，都会标注上一句感谢的话，就跟这条内容只她老公一人可见似的。我们这些围观群众看完不能白看，赶紧点赞吧，能做的也就这个了，夸她遇到了中国好男人。

有一日去她家聚会，男主人不在家，我紧着给模范夫妻点赞。大概点赞次数有点太多了，这朋友故意收了一下语气环视众人："你们别对他有想法啊！"众人惊厥。她接着说："其实那些饭什么的都是我做的，他偶尔才去次厨房。我就是得每天晒幸福，得告诉那些虎视眈眈的妖精们，他是有主儿的。现在世道太乱了，就得用计谋防患未然。"

后来大家纷纷屏蔽了她。谁有那么多耐心去看演出来的美好。

忽然发现，生活里有很多非常努力的人，他们要活成自己的榜样，然后默默给自己颁奖。他们身上自然流淌着心灵鸡汤，可他们又不是鸡。真难为你了。

还是拼颜值吧

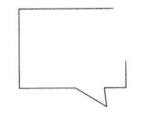

颜值和才华哪个重要？这问题要是我答，我就选才华，因为一照镜子就知道，想靠脸吃饭，能活活给饿死，咱买宠物还知道挑长得好看的呢。我常常洗完脸之后得凝望一下自己，想找找长相的优点，但最后发现拿手挡住哪儿都比全屏顺眼。我从小到大从来没因为长相趾高气扬过，倒是常常自卑，觉得是个人就比我好看。所以也就很少照顾自己的脸。赵文雯作为闺蜜，很看不上我这点儿，总说："你出门是不是还得往脸上扬把土啊？防熟人。"为了让我出门能好歹化化妆，她大热天直奔商场一楼，用极不负责任的语气让服务员"给配一套"。我不知道她具体提了什么样的要求，反正到我手里的那瓶粉底液跟化了的巧克力赛的，我就在脸上点了几滴，拿海绵那通蹭，打完底儿，跟去了趟东南亚一样，怎么那么黑呢。这化妆不是得往白里化吗？赵文雯捏着我的下巴，把我的脸扭过来扭过去，自言自语："我就觉得，不能太白，太白了失真，就想象着你的肤色，觉得可以盖住就行。这下倒真盖住了。光突出白眼珠子了。"

这套化妆品里还有反差很大的粉底，跟墙皮一样白，以及粉嘟嘟的腮红，这东西我都不好意思往脸上抹，什么场合用配上一对儿红脸巴儿啊。当然了，还有一样是眉笔，浅棕色的，笔尖都磨秃了，也没在我那两道黑眉毛间显山露水。

赵文雯的这套高级化妆品直接被我塞进了抽屉,丝毫没有对我要扬起自信的风帆起到任何好作用。于是,她决定找个有才华的人给我现身说法。我确实是非常喜欢这个人的文字,意境特别美,随便说句话都能当散文,后来因为熟了,"有才华"突然冒出一句:"我昨天陪我妈买衣服,售货员居然指着我,问我妈,这是你姐姐吧。"我在脑子里马上做数学题,她比我小一岁,妈妈再年轻也得六十多了。这个揣摩让我特别想见她。

我们特别热烈地见面了,之所以用热烈,是我一度表现得很亢奋,始终在说话,因为我怕自己一停下来就会显得不礼貌。在此之前,我还真没见过长得像六七十岁的年轻女的。那些皱纹啊,而且眼角眉梢全被地心引力往下拽。我不停地说话,让自己别把注意力放在人家的长相上。可是"有才华"突然特别神秘地说:"我的胸是假的!"她还笑呢。我显得很懂行,故意问:"硅胶?"她说:"我从小胸没发育,所以只能戴个假的。不信你摸。"这几乎是在挑战人性。

别看我职业生涯中采访过那么多稀奇古怪的人,面对这样一个才华横溢的女子,我开始冒虚汗,谁有那心思"猜猜看"啊。可是女人之间,为了表现咱俩好,最直接做法就是分享秘密。我僵在那,连话都不知道怎么接的时候,她抄起我的手往自己胸前一按。呼的一下,手心里一股热气。这胸,跟气管子赛的,按几下放三年的自行车都能骑起来了。

她很大方,我刚要收手,她拎起我的腕子,又给自己来了一下。我满手热风:"海绵不错,外国的吧。"纯属没话找话。"有才华"说:"我小时候得过一种怪病,哪都治不了,我爸靠自己找偏方才让我恢复成现在这样。"

这不是什么励志故事,但对我而言,是一次深刻的美学教育。我们并不在意的,是多少人正在羡慕的。哪怕长相平平,也是属于我们最好的颜值。

去新疆捡石头甭想着发财

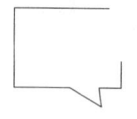

所有的摄影师、旅行者都会告诉你,秋天去新疆禾木,那特别美,还能顺便捡石头。看捡石头,那不是求财之路,记住了!

没想到的是,我第一次到新疆,不知道啥原因,还没开始胡吃海塞,就开始大面积过敏。在酒店里给家乡的大夫打电话问有啥急救措施,对方说:"你只能等着身体自己适应,就你这样的人,以后去哪都得带把家乡的土,到新地方兑水把土给喝了,就不会过敏了。"

这是一个大夫该说的话吗?

我还是去自治区中医院挂了专家号。在我前面等待就诊的患者来自克拉玛依,因为等待时间太长,我就问他有什么好玩的地方。这位大爷用磕磕巴巴的普通话说:"捡石头!捡石头!"然后他进诊室了,脱光了膀子。

输了三天液。不能吃肉,急得我眼都蓝了。为了让我远离城市美食的诱惑,朋友把我拉到戈壁滩上。我探头看见稀稀拉拉的在烈日下活了上千年的胡杨。

"你是让我下去拍树吗?"我问。

"让你当苦力。把自己捂严实,下去捡石头吧。别想着发财啊,就是感受一下,地表的热。"我还挺激动的。就像那些流放犯得到特赦,能给几分钟自由。车里显示:室外60.7℃。当我眼睛扫过那个数字,立刻拧开瓶水,往自己身上浇。

朋友大叫:"哎呀,你别把我车座弄湿了!觉得热马上回来。别把自己晒干了。"

我几乎是被她推下车。车门关上,她在空调环境里开心地笑。她一定会觉得,我一分钟也受不了。可是,我一个人就像科学家一样,在燃烧的空气里,越走越远。我是想,走远点儿,也许能挖到点儿值钱的石头。

大地是干裂的。估计在火场里也就这意思了,汗估计一流出来就蒸发了。那一地的石头啊,反正个个挖出来都透亮!有橘黄的,有绿的,有白的,还有透明的。开始我还有所选择,品相不好的就放回原处,随着时间的流逝,我大概都出现幻觉了,怎么看远处景物都跟在澡堂子似的,全是水汽呢?

从干裂的土里挖石头也需要力气,拿手抠是不行的。很多大片里不是演过吗?宝藏一打开,那些贪得无厌的人光想着往包里装,忘了宝库的门会关上。我当时贪得无厌的内心被完全激发了,忘了我刚输完液,忘了就没怎么吃饭。要不是朋友恶狠狠地打来电话,我还闷头亲吻土地呢。

"别装了!我望远镜里盯着你了。你以为真能发财呢?不要命了?赶紧回来!"远远看见,她的车朝我开来,我直挺挺地站在戈壁滩上，真的都快晒晕了。

没多远，就有人拦我们的车，收石头的，当时就能换钱。一块才给两块钱！那一书包还不够我挂号费呢。绝不卖！

回程的路上，我给一个新疆朋友打电话，因为他带着内地来的另一批人奔赴"有贵石头"的地方，他们开了两辆吉普，带着帐篷睡袋，特别专业。而且人家是往峡谷里走来着，说人迹罕至的地方才能捡到好东西。

可见人人都有一颗贪得无厌的心。他们去了三天，回来的时候，我们比了一下石头。我捡的，好歹有一块值钱的，起码能抵打了四折的单程机票（往最便宜机票上想）。他捡那些连油费都够不上。

很多人说，去新疆捡石头简直就是笑话。其实看你捡什么石头，如果想发财，你就死了这颗心吧。如果你想体验一下什么叫"晒化了"，就去吧，无论是宝石光还是金丝玉、戈壁玛瑙等等，运气好的话还是会捡到的，因为新疆实在太大了，戈壁滩实在太辽阔了。

捡石头，就是玩，千万别拿它当求财之路。那你非死路上不可。

一只羊到底有多少肉

闺蜜问,你想不想跟哈萨克人民生活几天?我立刻来精神儿了,赶紧问有照片么,我先熟悉熟悉。第一张就是烤羊肉串的,那肉块儿在白烟之中翻转,我觉得自己都能闻见味儿了。立刻在手机里回:能!能!能!

在平淡无奇地开过一段路之后,拐个弯上山,眼睛里全是绿色。辽阔的绿毯子好像非常随意地扔在山上,上面有极少的星星点点白色的毡房点缀,牛羊马彼此并不合群,各自甩着尾巴在草原上闲逛,嘴里不停地嚼着。车停在最尽头的毡房前,好像把全人类都抛开了。

闺蜜靠在吉普的车门上,一扬下巴。我顺着她的脸看见远处博格达峰上的皑皑白雪,她说:"就把你放这了,你爱住多少天就住多少天,腻味了给我打电话,我接你回去。"我深吸一口气:"你就把我忘了吧,我不想回去了。"车调了头,车轮扬起几块碎石,我算踏实待住了。女主人黄头发,眼睛跟我也不是一个颜色,人家常年骑马肯定不抹防晒霜,但是比我白得不是一个等级。我问了她三遍名字,最终还是没记住,太复杂了,最后我连她儿子的名字都给忘了。

哈萨克女主人很热情,我们喝着奶茶的工夫,她丈夫已经把一只羊拴在木桩上,在它脖子上给了一刀。不一会儿,羊皮、羊头、羊肉就分开了。毡房上面炊烟袅袅。我把腿尽量往远处伸，身子后挺，对着博格达峰的雪山说：舒服！

我从来没那么密集地吃过羊肉。第一顿抓饭。羊油把米饭和胡萝卜已经弄得很烂了，再加上大块羊肉，一个大盘子装得满满的。我为了表达我对哈萨克人民的感谢，拼命地往下吃，女主人很高兴，指着灶上的一个大锅说："里面都是你的。"我都不敢主动掀锅盖。

羊肉特别香，根本没有膻气味儿，可是再香我也不是狼，别说肚子，我觉得吃得我胸都大了，得挺着走路。草原的另一侧是松树林，刚好前一天下过雨，我找了个塑料袋就进山了。林子里那叫一个凉快，特别安静，鸟鸣和泉声。听完立刻条件反射，我摸着口袋里的手纸，往后看看有没有人。然后一头扎进更深处，在大自然里上厕所，真痛快啊！

林子里到处都是蘑菇，我把长得像能吃的各样采了一朵，扔进塑料袋，后来还发现了像灵芝和木耳的东西。猛一抬头，发现自己已经翻了一座山。坐在旱獭洞外面，我想不起来回去的方向了。

森林长得全一样。我倒不怕走丢，就是不想绕冤枉道儿。后来我觉得我还是有智慧的，因为奶茶喝得多，我在翻山越岭的过程里留下过四次手纸。林子里没有风，所以手纸的位置不会变，白色最明显。作为一个路盲，我像电影里那些外国女主角一样，躺在草坡上，手枕在头下，嘴里叼着草棍儿。忽然我耳边哗啦哗啦，动静那叫一个大，给我吓得！旱獭在洞里探头探脑。

我赶紧打草地爬起来,拎着一大袋子蘑菇,找手纸去!

虽然只找到两处,但也足以把我指引回家。累得我腿都快抬不起来了,刚坐下,哈萨克女主人就把一大盘子煮羊肉端在我的面前,手抓肉真是香啊。我问她:"这都是我的?"她笑着点头:"一只羊,都是你的!好吃吗?"我的天啊,我对不起那只羊。

我把我打松树林里摘的蘑菇给她鉴别,她挨个扒拉了一下,拿出四朵,然后晃荡着塑料袋:"不能吃,都有毒!"我提着气,吃了四大块手抓肉。看见女主人又端上了一大碗拉条子。我在心里都快哭了,实在是吃不进去啊,又不好意思剩。

后来我发现了,只要我在毡房,女主人总要想方设法给我做吃的。她的好,还表现在怕我无聊,带我骑马去山里看更美的风景。我笨拙地往马背上爬,第一次掉下来了,第二次是被她托着屁股才骑在马背上,马长那么高干吗呢。她忽然问:"你多重?"这突如其来的问题,我答:"一百一十斤。"她说:"看马有点走不动。"我在心里嘀咕:"作为牲口,至于吗。"其实我少说了十斤。

美是那么安静,不被打扰,因为除了我和她的马,大段的途中再没有别的人。只有草原的主人——牛羊马和贼头贼脑的旱獭。还没从沉浸的美景中缓过来,一到毡房,男主人正在烤羊肉串,热情地对我挥手:"都是你的!"我怎么那么害怕这句话呢。

山上的夜晚从盛夏突然进入寒冬,真的是抱着火炉吃西瓜,煤在炉膛里噼噼啪啪燃着,真热!可夜里煤熄灭之后,我被冻醒了,身上盖着两床厚被子还是冷。推门出去，漫天星斗，我简直就是站在星星中间，每一颗星伸手可得一样近。半夜三点，毡房的人突然弹起了乐器，鼓着掌，跳起了舞。当他们终于睡了，圈里的羊开始不停地叫，然后是狗，是牛，到天亮。

早晨我满嘴溃疡嗓子沙哑地刚坐下，又是一盘羊肉！我慢慢地把西红柿拌洋葱头往嘴里填，女主人皱着眉头问："是不好吃吗？"我赶紧摇头，夹了一大块羊肉。在女主人转身进厨房的时候，我给闺蜜打了个电话："赶紧接我下山！"

越活越回去

江湖上流传着不老的传说。电影里的天山童姥需要练一种神功,才能保持鹤发童颜的本领。现实生活里,不是也有什么刘晓庆杨钰莹常出来晒晒朋友圈儿,展示自己被冻住的青春气息,她们在我眼里就是图片儿,跟那些贴电线杆子上的寻人启事没啥区别。

这些人离我的生活太远,无法面对面用肉眼识别她们的容貌有多少失真的地方。可是有一群女的真让我见识了什么是驻颜有术,五十岁愣跟二十岁似的,从体型到外貌再到声音,作为比她们小不少的我,在人堆里像个老祖母,尽管我还穿着牛仔裤,也依然像个不着调的老祖母。

有一点不同的是,她们在少数民族地区长大,半夜三点还能爬起来载歌载舞,熬夜简直不当个事儿,她们各个酒量惊人,喝红酒就跟喝甜水一样,必须上高度数的白酒。一群女的在树荫下围着石桌坐着,燕语莺声花枝招展,我就像韭菜地里的土豆,尴尬而显眼地举着一罐酸奶挨个跟她们碰杯。

西域闺蜜喝酒居然是什么菜都不用就的,像老外一样,干喝。我非常好奇她们的驻颜术,就借着酸奶乳酸菌的劲儿发问:"难道放浪形骸能让人永葆青春?"西域闺蜜们炸了营一样抢答自己的养生大法。我听了一圈儿，其实并没有特别的方法，不过是一方水土养一方人。但最后一个的发言让我差点把肚子里的乳酸菌吐一脚。

"你吃什么？"我大声问。西域闺蜜给自己满上酒："吃虫子，你们那边儿不吃吗？我们楼下一个老太太吃虫子吃得冬天穿短袖出门，露着胳膊不觉得冷。你知道为什么吗？"

"虫子进脑子，给疯了！"我惊恐地答。西域闺蜜说："吃得火力倍儿壮，不怕冷！"合着老太太为了省件羽绒服钱，可夏天怎么办呢，火力壮到拿手指头点煤气？在座的美女们都眼睛直勾勾看着养虫子的闺蜜。她在自己手机里哗啦刷屏，然后举向我们："看，就是这种能长生不老的虫子。"

那虫子叫九龙虫。我当即就拿百度查了，还真有这一号。楼下老太太普度众生，自己养的虫子繁殖力太强，于是抓了几百只送给西域闺蜜。养这虫子的过程非常像养蛊，要拿营养价值高的东西饲养，比如灵芝、红花、人参、枸杞、莲子、核桃、花生等等，反正你觉得什么有营养就往里扔什么，那黑色硬壳虫吃东西的速度惊人，一会儿工夫全是皮，好东西瞬间被吃空。吃这虫子的人认为，这些高营养东西人吃了不消化，还得上火流鼻血，但虫子吃完把自己变成精华，人再吃虫子，就能达到提高免疫力而养生的至高境界。

我无法说这虫子不能吃，毕竟大众餐桌上还有炸蚕蛹炸蚂蚱炸年轻知了的菜呢，可我还是过不了心理这关，虫子是实在吃不进去。

而西域闺蜜立刻回闺房端了个大塑料盒子出来，里面密密麻麻

BU ZHUANG

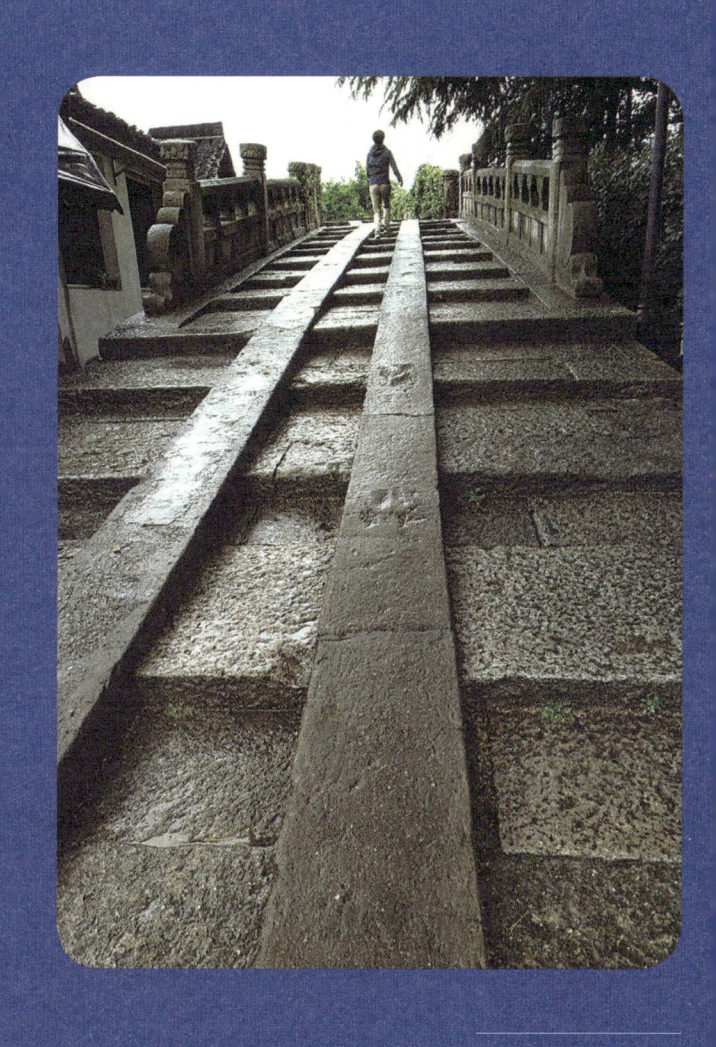

生命是一个说故事的人,每一刻都自有意义。

世界上只有一种平庸,就是不断重复自己。
对生活心有所爱,就去冲破重复的人生。

BU ZHUANG

脑是一台需要时常优化的机器，时不时要清理垃圾，给自己留出思辨空间，跟过分热闹的世界有所距离。

世上有两种最耀眼的光芒，一种是太阳，一种是我们努力的模样。

BU ZHUANG

让人舒服，是真正的人格魅力，也许只是一个眼神与举动，都可以让你感觉到这个世界的暖意。

每个人都是独一无二的。当你开始"做自己"的时候，就已经赢了。

BU ZHUANG

读书是精神的旅行，而旅行又是身体的阅读。阅读和旅行就像是人的双脚，同时发力又交替进行，你才能走得更远，走得更久。

伪装

喜欢的东西依旧喜欢,但可以不拥有;害怕的东西依旧害怕,但可以面对。

的黑点在爬。闺蜜像五毒教主一样，下去一把，抓起来直接填进了嘴里。嘎吱嘎吱声打她的嘴里发出来，大家酒都不喝了。因为这一把抓得太多，有两只从嘴角逃出来顺着脸往额头上爬，被她准确地用指甲捏住，再次送进嘴里。

在座的美女纷纷效仿，没有一个人惊慌失措，甚至抓起别人脸上逃掉的虫子放进自己嘴里，我听见美女们嬉笑着，彼此撞着肩膀说："你为什么吃我脸上的？"

吃这东西到底对养颜有什么作用，其实大家都不知道。除了生吃，她们还用微波炉打了一下，把已经脆了的虫子碾碎放进胶囊里，问我："你吃几粒？"我指着地上的酸奶："我把这些全喝了行吗？"

我们把太多的精力放在对老去的恐惧里，从整形到打针，从塑身到吃虫子。可是不老神话终究还是会被疾病和时间打败。

浓妆励志

太阳给没遮没挡的地方不停加热，看意思，肉隐肉现的季节就来了，可是，咱这身体还没准备好，衣服似乎是又瘦了。真愁人。

更愁人的还有上午的对话。

一位小伙伴让我去她的直播频道讲个课。我倒是不怵头说话，但好歹得给个范围吧。我问："讲什么内容？"她说："你随便。"我就喜欢这么对自己节目放纵的人，凭嘉宾心气儿瞎白话，指不定就能套出点真心话大冒险来。于是我决定："解读《金瓶梅》绣像本咋样？它比《红楼梦》好看多了。"她立刻接话："打住！西门大官人的事儿能提高你的境界吗？"这话一问出来就知道她压根没看过。"你对《金瓶梅》有误会，"对方开始极力掩饰自己的文化水平，"别让别人误会你就行。"

我只得再想其他方面："童书里，尤其绘本和动物小说，很多知识是错的，对孩子误导，我对照着讲动物科普怎么样？"她说："科普太小众，知道了也没嘛用。也就你痴迷动物。"孩子的不能聊，那就聊点儿家大人的："我讲亲子关系里怎么做到不焦虑，怎么当个优质家长。"她说："你对孩子跟甩手掌柜似的，哪个家长能像你心那么大！"她这一早晨是来给我添堵的吗？

她说："别废话，快想想你能讲点什么刚需？"我答："上淘宝买身西服吧。"

她的名字叫二大娘。你千万别追问我二大爷的事,因为她至今未婚,为什么没嫁,就是因为她长得太好看了。在我们这群女的里,有人都嫁二轮了,B轮融资都完成了,她呢,还单着。好看太耽误事。"人丑就该多读书",难怪从小到大,大家都说"二大娘一看就不是读书的料"。每次在大街上有人问路,二大娘都给人家瞎指,她以为是对的,但往往是条邪路。我认为她这么做,就是为了警示世人:不要相信好看的陌生人。

至于"二大娘"这名字,我给起的。我就没见过一个没结婚的人,那么爱张罗事。什么她都参与,尤其愿意给别人介绍对象,打介绍完就开始盼着人家打起来,俩人都找她诉苦,她再往一块攒。成全别人,耽误自己,也就二大娘能干得出来。

二大娘是我两小无猜的红颜知己,打小就有事儿妈潜质,小学二年级就因为管体育老师闲事差点被开除。北冥有鱼,其名为鲲,鲲之大,和二大娘体型差不多,化而为鸟,其名为鹏,鹏之背,跟二大娘运气差不多。二大娘三岁从文,四岁习武,五岁精通诗词歌赋,六岁胸口碎大石,八岁通晓琴棋书画。为什么人生简历里没有七岁?因为七岁那年养了一年伤。

因二大娘从幼年发誓要做一个独立的女人,不以物喜,不以己悲,乐观坚强,不依靠男人,不装可爱,不撒娇,直率简单不耍心机,这样坚持下来,不但嫁不出去,到现在连个正式男朋友都没有。

后来二大娘开始动摇了,但还是自己单着。她的名言就是:"你要说我嫁不出去,我根本就无所谓;可你要跟我说发不了财,我能愁得几宿几宿睡不着觉。"每当二大娘站在人生的十字路口不知道何去何从,她就决定先沉下心来,好好想想自己到底什么星座的。目前二大娘唯一还坚持的事就是每天给手机充电。

因为直播的兴起,迎来了二大娘的春天,仗着长得好看,所以手机没事就照自己,听她瞎白话的人还真多,羡慕得我直眼红。在她面前,满腹诗书都没用。我先化个浓妆去,照镜子励志用。

家里有个弹药库

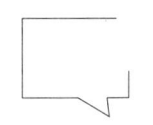

蜘蛛侠跟蜘蛛距离真大,帅气小伙手掌心里甩出点尼龙线似的东西更加迷人,可是真实世界里的蜘蛛不一样。我对它们总是心生胆怯。可是怕什么来什么,我那热爱冷血动物的儿子在书架上摆满了养蜘蛛的快餐盒,因为不占地儿,所以养个十只八只根本不叫事儿,他说他的一个朋友自己在家孵了三千多只。真不知道那孩子家里得是嘛样啊!

养蛛人不少,孵化的过程没见过,倒是见过那三千多个蜘蛛的卵放在面巾纸上的照片,如果你有密集恐惧症能当场倒下。我一点也不明白他们为什么要喜欢蜘蛛,跟蜘蛛们无法交流能有什么乐趣呢?

为了显示自己是个开明的家长,我们家都快走上孵化之路了。平时孩子强迫我看一堆外国蜘蛛的大照片,有跟调色盘似的五彩斑斓,有浑身黝黑的长发妹,有跟烫了头似的浑身卷毛,也有金属色的炼钢工人,全跟小时候在旮旯或者草丛里看见的蜘蛛不一样。而且,老么贵呢。

公蜘蛛大概因为生命太过短暂,所以拼命地长,像个小巨人一样,把大家睡觉的时间全用来长个儿了。瞧人家不吃钙片也挺强壮。它总是在不停地蜕皮,脱衣服赛的。一会儿一件毛外套,全须全影啥都不差,连眼睛那地儿也给脱下来了。我们家书架边上摆着一遛儿蜘蛛们成长的小外套,软塌塌地东倒西歪。

蜘蛛们蜕皮的时候也挺虚弱的,旧衣服脱了,小鲜肉尚没有强有力的保护,看它自己吐丝弄出个特护病房,趴在网子里一动不动。大概等着流动的空气把自己身体吹干,好歹有个防晒服穿。它们就是这么安静地跟自己身体较劲,用力往吓人的个头长,那身上的花纹和艳丽色彩越来越瘆人。

可是在熊孩子的口中,总是在赞美:"你看它们多好看啊!"我心说,这跟夸一条花蛇美丽有啥区别,越看越毛骨悚然。好在,蜘蛛性情并不嚣张,待在方便餐盒里还挺舒服。

我每次都是诚惶诚恐地把它们的家门打开,当然打开之前敲过了,咱得懂礼貌才能相敬如宾。蜘蛛自己觉得遇到危险,就拿小细腿踢屁股后面的毛,就像遇到坏人打口袋里掏手榴弹往外扔似的。这毛扎到人的皮肤上就会奇痒无比,算是它们的独门暗器。

不过,温顺的蜘蛛倒是也有,不同种类的家伙性格全然不一样。"智力火玫瑰"就是个特别温柔的姑娘,目前它把大长腿都伸开,比我手掌都大了。你要是碰它那美丽的跟车轮子碾过、满是淤血的脚趾,它会逐一把脚趾抬起,特别有韵律感。

我在自己心里千万次地问——这么大的蜘蛛有什么用呢?如果你看过《小鬼当家》,就知道,匪徒进门的时候,你就把蜘蛛往他们脸上扔!

　　拿蜘蛛当手榴弹用吧,这样想来,我就安心了,因为家里有个弹药库。

饺子就酒要嘛嘛有

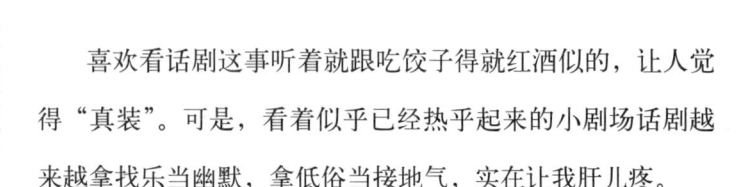

喜欢看话剧这事听着就跟吃饺子得就红酒似的,让人觉得"真装"。可是,看着似乎已经热乎起来的小剧场话剧越来越拿找乐当幽默,拿低俗当接地气,实在让我肝儿疼。

去年全国编剧论坛,会议最后一天晚上主办方邀请大家看话剧,当时我肝儿就悬着,大幕拉开,果不其然,暖场的胖子就跟见了热炕头一样,开始叨叨着脱衣服,脱一件随手往上抛一件。本来穿得也不多,几下就露出上半身颤悠的赘肉了。音乐起,他愣是到台下拽了几位腼腆的编剧上去一起跟他跳肚皮舞。

旁边一位导演问我:"你们这儿小剧场话剧都是这样的?"灯光亮处,真给"我们这儿"填堵。我假装打电话逃回家了。

后来我干脆去大剧场,看气势特别磅礴的外国剧,舞美和演员演出特别让人震撼。三个小时不知不觉就过去了。中场休息的时候还没从剧情里缓过神儿,就听见一个大姨在我旁边喊:"三姨,到这来!"我回头,"赵姐进来了吗?咱不用看前半场,这会儿没人管了,直接进来就行。找座呗。"然后指着我旁边的空座问:"这有人吗?"我赶紧说有,去上厕所了。这位大姨跟黑风怪似的,带着一干老姐妹去打听其他座位了。

总想起来十几年前每个周末都会坐着慢吞吞的火车到北京,挤公共汽车,在北京人艺剧场外面等富余票。小剧场如果没票就买大剧场的,哪怕从票贩子手里买高价票也不能白来。

我第一次在大剧场看的话剧是《蔡文姬》,濮存昕梁冠华徐帆主演的,2001年的冬天挺冷的,天一冷人饿得就快,我记得我去肯德基买了个汉堡放在包里,那个汉堡二十三块钱,我想晚上散场直奔火车站的时候充饥。

因为图便宜,座位离舞台又远又偏,可一想到还有一群在寒风里等富余票的,心里就有了幸福感。趁着幸福拉开包找电话,想跟闺蜜汇报一下人满为患的盛况。可我还没美够呢,旁边一位穿着特别有素质的上岁数的女人,特别严肃地问我:"你包里是带吃的了吗?"吓得我直磕巴。她说:"你把它扔了,太味儿!"我对着敞开的包深深闻了一下,不臭啊。我不敢说话,毕竟第一次看话剧。那女的推了一下金丝眼镜,继续侧脸盯着我:"剧场不许带食品!你马上把它扔了。"

我当时就觉得,首都人民素质真高啊,食品连带进去都不许,赶紧跑外面断舍离,汉堡啊,赶上当时火车票钱了。

散场的时候,一身灰色西装的导演苏民微笑着谦卑地站在门的一侧,目送观众离去。他站的位置特别容易被人忽略,那些背影不知道,一位艺术家用一种最特别的方式表达着自己的感谢。这个画面在脑海里多年不去。

同一年,在小剧场看了沙溢白荟演的《收信快乐》,一个半小时,两个演员,唯一道具就是一个跷跷板。两个演员从孩提时代演到终老死亡,靠的只是台词。在明明灭灭的专场灯下,我在心里赞叹沙溢功底太强了。坐在我旁边的闺蜜,一直在哭啊哭啊,那眼泪流得裤子都湿了。我们俩都没带纸,看她自己在那拿手背、胳膊抹啊抹啊。散场灯亮时,她说:"这是我第一次看话剧,太感动了,居然能这么好看。"

看《无常女吊》的时候最有意思,因为我到得早,自己坐在离舞台最近的第一排。那天某个角色是个腕,有很多学生来看他演出。女学生每个人手里捧着很多花,她们都坐第一排,而我就在那鲜花掩映中,身临其境真跟自己在灵堂里似的。她们献花的时候甩了我一身水。

别让话剧变成千篇一律的爆笑喜剧,那我们还不如走进电影院呢。

跟院子里赛的家里生态环境

热情的人就像火把,离得稍微近点儿都能把你身上的衣服燎着了。前几天,有人特别轻声地敲门,三下停一次再拍三下,别提多有涵养了,那节奏矜持而温柔弄得我都不想开门。当我沉吟着用最得体的笑容迎向门外的时候,一个大塑料盒子被抵在我的肚子前面,还没盒盖儿!里面灰不溜秋挤在一堆儿好多只蜥蜴,全都扬着满是刺儿的三角脑袋看我,它们居然还有眼神儿,那意思:"你想干吗?"

因为儿子常年接触这些冷血动物,看图片都看吐好几回了,所以我接触实物还算淡定,我用肚子堵住门问:"你想干吗?"热情的人兴奋劲儿还没过去,激动地告诉我,这是他自己成功孵化出来的第一窝鬃狮蜥蜴,能长到一米多长。他不说这些我还能放他进屋,一介绍我立刻想到一只浑身带刺,身高跟我差不多的蜥蜴陪我坐沙发上看电视。为什么不送动物园送我们家呢?热情的人说,觉得我儿子会喜欢,所以先拿来让他挑。在我还没来得及把热情的人轰走,身后一个声音响起来:"多可爱啊!咱留下一只吧!"我后背开始冒冷汗啊。"可爱"这俩字,我用生命见证了它非凡的意义。

那只浑身没平坦的地儿,粉舌头嗖一下能伸老长的家伙被儿子起名为"大麦",说为了让我的新书有个好收成,太有心了。说完这句话没两天,他去军训,把照顾大麦的工作交给我。每次进他的屋,我都会感慨,这是书房吗,这简直就是爬行动物馆,一个箱子挨一个箱子不同的光照造景,里面全是大眼睛小眼睛翻翻着看你。别人遛狗,我得在所有的别人都没出来时,找背静地儿让巨大的蜥蜴蜘蛛壁虎们出来玩晒太阳。

数大麦难伺候。你要起得晚点儿,它就在玻璃门那使劲拍门,出来一个没看见自己就转悠开了,倒是不认生。放着洗好切好的莜麦菜不吃,非蹿到我们家山石上咬小草的叶子,回回让我打它嘴里拔出来,然后我还得教育它:"你吃死怎么办!"大麦就翻着眼睛看我,那意思:"生死有命,你管着吗?"

我开始以为大麦满屋子闲逛是想熟悉房型,但后来我揣摩明白了,它是在觅食。热情的人再次抱着个牛奶箱子出现在我们家门口,我声色俱厉:"这又是送嘛来了?你能收了神功吗?"他说这是一盒子母蛐蛐,问他有多少,他说好几十只吧,那语气特别轻松。大麦还得吃活物,我真后悔收留了这小东西,怎么对生活要求那么高呢!

纸盒子放地上我就没管,觉得反正也封着口呢。忽然我妈在厨房一声尖叫,我奔过去,她已经从里边蹿出来了,还使劲胡撸头发。啪嗒一声,一只硕大的油葫芦打脑袋上掉下来,我妈尖叫着上去一脚就给踩死了。速度之快,像功夫片一样。我赶紧去查看箱子,纸盒子上居然被虫子自己咬了洞,全跑出来了。

你见过小区里举着手电弯腰逮蛐蛐的，见过在家又挪花盆又趴地上照的吗？我们家那生态环境，跟院子里赛的！说都是母蛐蛐但有为了忠贞爱情跟过来的，也有男扮女装的，不然怎么会在我们家各个角落都此起彼伏快乐的虫鸣？

为了收它们，累得我撅一会儿就得直起腰歇着，可你刚在沙发上坐住了，脚面上就能爬上来两只。最后我决定，放大麦！三角脑袋别提多迅猛了，用"嗖"来形容都是慢动作。角落里男欢女爱的蛐蛐逐一殉情。

你以为这就完了吗？这才刚是个开始。大麦吃完了，还得拉呢。为了占地盘那味道就别提了，回回还得给它泡热水澡。我都觉得母爱太伟大了，在被逼成为生物学家的路上，都把自己给感动了。我盘算着，等大麦有自理能力了，必须送动物园去。

辑二

我不过是灵长类动物

我们家不卖票。就因为我们家不卖票，每到假期，都有敲门的，脑袋先探进来，说："就想看看你们家动物。"所以，认识我的，比认识居委会主任的多。我们家动物多半是雨天水坑里捞起来的，或者别人养着养着嫌烦了，托付给我。因为太普通，就成了传奇，比如喜欢听钢琴的麻雀，喜欢看大爷下棋、还会守灵的公鸡，能听懂人话的鹦鹉，以及想出去玩知道拍门的蜥蜴等等。

我只不过是和它们住在一起的灵长类动物而已。

趁着下雨捡鸟去

我一直憧憬着自己有一天能做个拾金不昧的人,还曾经在心里揣摩过捡东西后的心路历程,但是这一生中似乎能捡着值钱东西的可能性跟碰到天上掉馅饼的概率差不多。别看从来没捡过钱包,但是我总捡鸟。

你知道什么时候打天上往下掉鸟吗?狂风暴雨之后。春夏之际只要天忽然一黑,狂风把窗户啪啪一拍,你等那大雨点子落完,雨转小之后出去转转,树多的地方准能从墙根底下找到几只从窝里掉出来的小家伙。

第一天雨后,已经到了黄昏,我打算去买点切面,刚走出小区,就看见一个东西在地上蹦,一团黑影一般都是癞蛤蟆,但这个东西横冲直撞地就腾空而起,然后直接往下掉,砸在我前面正走路的女的肩膀,只听那女的"啊"尖叫一声,整个身子跃起往旁边蹦,那弹跳都能参加奥运会了。鸟比她惊得还厉害,被甩在水坑里。我就像捞一只蛤蟆一样把它打脏水里抓出来,甩甩水。不买切面了。

第二天雨后,依然黄昏,一只流浪猫追着一只不大的鸟,那鸟腿还是软的,靠翅膀扑腾才能躲避一时。我的同事陈完美一把上去像抓老母鸡一样,上去就把鸟的两只翅膀拎起来了,看着它的鹰钩嘴:"别让猫把它吃了,你拿走养吗?"对于鸟这个物种我还是有一些了解的,这个家伙明显就是落难的鹰隼,我让她把鸟带回家,我去联系野生动物保护协会。鹰隼站在副驾驶,也没系安全带,就这么串门去了。

陈完美家里养着八只猫三只狗,不缺笼子。她一会儿一个电话,问我给鸟吃什么。当得知得吃肉的时候,尽主人之道,愣是炖了一锅排骨,配了一碗米饭,跟探监似的,给放进装鸟的狗笼子里了。然后蹲在旁边,看鸟怎么吃。肉香扑鼻,鹰隼无动于衷。陈完美又打电话问为什么它不吃,是因为生气了吗?我说:"把你自己喂了,估计都比炖肉有吸引力,拿生肉!"大下雨天,半夜哪有卖肉的。陈完美把冰箱清空,翻出一袋去年忘了吃的猪肉绞馅,微波炉里解冻。炖肉配米饭拿出来,绞馅配凉水放进去。她高兴地说:"吃啦!吃啦!"

辗转着联系上了野生动物保护协会,对方特别情切感谢完我就说:"你能把它放回窝附近吗,最好让它妈妈看见它。"我瞬间在脑海里测量了一下那高耸云端的楼,而且记忆里就没看见过鹰在天空盘旋,我往哪给它找妈妈去?不过,这没妈的孩子最终还是被动物保护组织派专人接走了,说它是一只亚成体红隼。

第三天,依然大雨。我跟朋友谈完事一出门,迎面的墙根底下又一只扑腾着翅膀的小麻雀。这只鸟更小,估计没出壳几天。因为要上班,我只好找店家要了个纸盒子,先带到单位。鸟饿了,发出彩铃般的叫声。同事问:"这是谁的电话,总不接啊?"我!我!我!

很多人说麻雀养不活。可是我给很多鸟当过月嫂,家里设备更是一应俱全。保温箱,加热垫,鹦鹉奶粉都是现成的。两小时拿针管一喂奶,小麻雀就这么一天一天看着就成长起来了。从只会打窝里往外蹦,到从窗帘杆上飞过来,似乎没用几天。看着它毛一根根地长出来,看着它把嗉子撑到透明,看着它越来越像成年的麻雀,真是挺有幸福感。等到能吃谷物,就可以把它放飞了。

其实我挺盼着晴天的,要不一下大雨,我还得出去捡鸟。

一只麻雀的艺术人生

时不时就会有人问我:"你们家麻雀还没死呢?""麻雀气性特别大,到你们家怎么没一头撞死?"我觉得,它为了争口气也得进麻雀长寿名录。

灰球是我捡回家的第二只麻雀。狂风暴雨里,一定会有小鸟从巢里掉出来,这是常识。捡到的第一只麻雀晾干了羽毛,转天就放飞天空了。可是灰球是从水坑里捞起来的,它身上羽毛没长齐,那点儿力气都用在瞎扑腾上了。我找饭馆要了张纸巾把它裹起来,几乎那个雨天看见我急急忙忙带着鸟回家的人都说:"这东西养不活。"他们众口一词地给一只小鸟下了诅咒。到家我就翻出了一箱快过期的燕窝,包装极其夸张,里面就稀汤寡水儿两小瓶,要不是因为包装太好早把它扔了。看了眼保质期,发现就差一天,直接拧开瓶子盖,咕咚咕咚嚼两下咽了,瓶子扔垃圾筐里。最管用的是包装!木头盒子里面塞满了高级稻草,我把灰球放进去,蒙上一块厚布,加热垫打开升温,再跑到社区医院找大夫要了个作废的针管。鹦鹉没吃完的进口鸟奶粉,每四个小时一次喂进去。

羽翼丰满几乎是一瞬间的事。灰球转着脑袋看家里的鹦鹉飞来飞去,忽闪几下翅膀就扎进了飞行队伍,跟几只色彩斑斓的鸟站在一起,连气质都不一样,它灰头土脸倒是特别自信,大概因为还没照过镜子的缘故。第一次放飞就跟黏在我身上一样,怎么扔出去怎么落回来,第二次只要一开门,立刻往屋里飞。

自打灰球认定了要当家庭成员就过起了拟人化生活。饮食起居特别规律,尤其饮食这块儿,到中午就站在饭桌上等着,看今天吃嘛。有时候我妈做完饭得喊我们好几次,大家才到饭桌边集合。灰球不用喊,用实际行动鼓励做饭的人。辣子炒肉一上桌,它叼住一片肉就开始甩,可你倒叼住了啊,经常把肉扔别人脸上。人能受这个吗?还没下筷子让一只鸟给自己喂食。干脆就禁止它上桌了。

事情暴露是因为有一天下午,我正看书,突然上面掉下来个东西,还在地上蹦。黑乎乎的麻雀只有眼睛能眨么,毛都凝在身上了,跟个难看的怪物似的。我一把抓过来,毛贴身上了,翅膀粘住了,我把它嘴上粘住的壳抠下去嘴才长开。这一身稀饭啊!

都不知道它什么时候扎稀饭里洗澡了,还洗那么彻底。古代米汤都能当胶水用,能不黏吗?我正一筹莫展,我儿子一把抢过去,打开水龙头就给它冲,冲半截忽然觉得拿凉水洗容易感冒,又换热水,好不容易洗透了,看着那可怜啊,又黑又瘦。拿毛巾一裹,开吹风机吹热风烘干毛。这一套都赶上外边美发店了。

搁一般鸟早就吓死了,灰球没事,只要不给扔洗衣机里它就坦然面对,吹干立刻飞鹦鹉那跟人家炫耀,被鹦鹉叨了一口。你说你有一次教训该收手了吧?可它以为我们家是温泉城呢。我早晨刚喝完一碗奶它就飞过来了,浑身湿漉漉的站在我手背上。我说:"你可真爱干净。"灰球翅膀白乎乎的,我把它放鼻子下面一闻,一股牛奶味儿!我回想起刚才那碗奶上面浮着点杂质,这就一个翻心。我马上去厕所,拿手勾嗓子眼儿,手指头还太短。我又找了根筷子,把着马桶看了眼镜子里的我,就跟打把式卖艺练吞大宝剑赛的。

之后还眼睁睁看它在菜汤子里扑腾过一回,全家决定不能当着它吃饭,菜不端出厨房,扒拉到碗里藏屋里吃。就这样,它还自学了悬停,你在那嚼,它能一直在你嘴前面飞,就为了看清楚你背着它到底吃的嘛。

你以为这只麻雀仅仅是为吃而来吗?不!它热爱艺术。只要我妈一掀钢琴盖,无论它在干什么,准是第一时间落在琴键上等着你弹。就算你把它脚下那琴键弹得很响,它一动不动身上的毛都陶醉的。如果正赶上它洗完澡你开音乐会,它非常知趣地卧在擦琴的布上,为了不把琴弄脏。只要音乐不停,它就不走。有时候我妈接同事电话,一打一个多小时,它就一动不动地看着你,等着。

这个被所有人认为得一头撞死的麻雀,在我们家开始了属于它的艺术人生。

你很像个飞行员嘛

灰鹦鹉才六个月就长得跟大公鸡似的，它的体型太吃亏，让你总忘了它还是个孩子。每天回家一开门，就看见它在饭桌上左顾右盼，要么把面巾纸一张一张抻出来撕烂，要么把笔帽咬掉跟耍金箍棒似的，拿脚丫子在那转笔杆。看见我的那一瞬间，你以为它会热情地飞向你，甭想，该干吗干吗。我会像抱老母鸡似的将它一把端起，捏住它的大黑嘴左右摇晃："不打招呼没礼貌！"小灰机识时务地马上叼住衣服的面料爬上肩膀，把毛茸茸的脑袋往你脸上一贴，一动不动，等着我夸它。

我赶紧伸手把它脖子上的毛弄乱，表示我很吃它这一套。小灰机适时将它的黑嘴伸进我的眼镜，一转头，脑袋扭了90度，你甭想戴眼镜，整张脸都是它的。蹭着那个绒球脑袋是我最温情的夜晚。

灰机总是闲不住。可旺盛的精力从来不用在学习上，我那天偷偷看了眼钢琴罩下面，跟耗子做窝似的，烂纸、碎木头、橡皮、瓜子皮……我把它端到案发现场，点着它的脑门："是不是你干的！"它屁股一沉，拉了摊屃屃，然后在那梳理起羽毛来了。我默默去拿纸。

我在家的时候耳朵都得支棱着，什么时候忽然消停了，那不定是它又偷偷干什么坏事了。白天困得实在不行的时候，偶然打盹都得带着它，怕它破坏公共财物。最后养成了它在床上睡午觉的习惯，而且那入睡速度比我都快，有时候是直接躺在我胸口上睡的，大概觉得那儿凹凸不平，不容易得颈椎病。

鸟到处惹祸的代价就是把自己的腿给刮破了，小灰机自己在那抖落脚丫子，不解气，像老母鸡一样一条腿使劲往后刨，我才发现，露红肉了。问了几个兽医，人家只接诊猫狗，又问了几个鸟贩子，人家说它痒痒甭管，自己就能好。可是小灰机每隔几秒就要低头碰一下自己的腿，这可让我着急了。去门口达仁堂买了碘伏、棉签和红霉素眼药膏，自己做它的主治大夫。

每次孩子打针我就得给买玩具，总得给点安慰吧。鸟一样，它才不老老实实让你治疗呢，它觉得自己没病。它平时最爱吃莜麦菜，我买最长的，掰一根儿它能嚼会儿，起码够我处理伤口的。

可是，一捆莜麦菜都吃差不多了，它那伤刚结痂长新肉，灰机觉得痒痒又拿大嘴给抠开了，跟剥葱似的，真下得去嘴啊！我一看这样不行，脑子里立刻出现了很多做完绝育手术的猫猫狗狗的样子，它们脖子上会戴漏斗似的罩子，嘴碰不到伤口。

我买了一箱矿泉水，不要水，剪瓶子。戴上塑料脖套的灰机很像小飞行员嘛，而且脖子都显得长了。即便这样，也没耽误它吃喝玩乐。后来，它居然知道躺着，用俩爪子一托就能把脖套自己给摘了。

我只能不错眼珠地盯着它，但凡觉得它打算低头，立刻制止，或者用其他有意思的东西吸引它。简直就像盯着一个得了水痘的孩子，只有一个想法，希望它赶快好。

爱情两个字好辛苦

爱看老大爷下棋的公鸡王大花因为重情重义,愣是在楚河汉界的棋盘上守了三天,等待它的棋友,可是那位爷爷再也来不了了。我不知道这样的悲伤在一只鸡的心里会有多长的记忆,但作为人,特别服这种"仁义",小区里再没有人欺负它。这是没法选它进业主委员会,要是能,估计得全票通过。为了表达人对一只鸡的喜爱,一位大爷居然给王大花介绍了个对象!一个艳阳高照的上午,王大花的对象被穿白背心的大爷拎着俩膀子就给带过来了,大爷很真挚地说:"花花仁义,大家都喜欢它,我们家有一只母鸡,比它大一岁,看花花能看得上吗?"我大惊,连忙说:"实在不能再养了。"可是大爷把王大花的对象倒手抱进怀里,用手抚摸着它的毛:"我觉得挺般配的,让它们处处吧。"我怎么忽然觉得要到旧社会了呢。

王大花成天跟个知识分子似的,哪受得了这种封建思想,对象刚被放地上,膀子还没抻开呢,它就跑过来忽闪着翅膀啄人家,打算把上门的姑娘直接给轰走。可是白背心大爷已经放心地走了,连点陪嫁都没留下,满心觉得闺女跟王大花毛一样就能一见钟情。一男一女俩鸡追着这通跑啊!王大花觉得,你占了我的地盘,对象朵朵认为,我就跟定你了。尽管我敞着门,但俩鸡非进行场地赛,哪见过这么谈恋爱的，我打地上捡了三根儿毛，也不知道谁掉的。

第一天，把王大花和对象朵朵各关一个笼子，摆一块儿，让彼此看着熟悉熟悉长相。本来打算第二天退婚，把母鸡还回去。可是，朵朵为了留下来，愣一早就下了个蛋！多好的姑娘啊，立刻对它好感倍增，有正经柴鸡蛋吃了。

要不说"女不强大天不容"呢，朵朵靠自己的死皮赖脸和勤劳本分赢得了男主的心，第二天王大花居然开始带着对象在小区里转了，我以为它会主要给女朋友介绍一下自己看棋的地方，以及那个让人心碎的故事，可是王大花直接把对象领到了垃圾箱，还主动捯着两条腿在那刨。女孩子倒也不矜持，比王大花刨得还快。鸡的青春期来得太早，王大花也就才一岁，没见过女的。本来性情特别温和，谁都愿意摸摸它，可是自打有了对象，看见扔垃圾的熟人，离两米呢，就要啄人家，吓得小区里的人只能跟扔手雷似的把垃圾袋往垃圾箱里扔，哪都能扔那么准呢！俩鸡又开始了垃圾分拣工作。

当你拿着棍子给赶走，王大花带着对象又到了洗浴中心。也就是树下一个阴凉处，有点儿沙土，王大花平时都在那洗澡。这回行了，带个女的来。重情义的王大花大概觉得土少，一使眼神儿，先尽着对象洗。朵朵在那暴土扬长洗尽铅华，王大花则在不远处观察着周边，只要有人敢这时候调戏它对象，能冲上去就咬。

俩鸡就算好上了。每天王大花在前面走，朵朵在后面跟着，举案齐眉那个劲儿啊，够拍言情片的。朵朵是个有眼力见儿的好闺女，别看人家谈着恋爱,一点儿不耽误一天一个蛋。穿白背心的大爷听闻此事甚是高兴,又问:"我们家还有二十多只小鸡,你要吗?"我赶紧推了,王大花才一岁怎么当继父啊,带领那么多鸡再把整个垃圾箱搬家里来。不敢想。我打算跟王大花商量商量,能先不要孩子吗,我可没工夫伺候月子。

被一只鸟喊祖宗

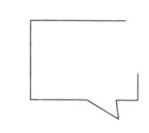

自从家里来了只小灰机,下班赶紧往家奔,有饭局,推!被问起,赶紧说:"家里有鸟,鸟太小。"周末有聚会,推!

被问起,赶紧说:"一堆衣服要洗呢,都给拉上了。"终于有一天,一个朋友憋不住,凑过来:"你是不是生二胎不想让大家知道?"

我!像哺乳期妇女吗?

我一个劲儿解释真养的是鸟,别人又问:"你这鸟有嘛特点?"我脑子唰唰唰地想,都是思绪的火花——它不会说人话,不会握手和摆手,也不会什么技能,你叫它都不过来,还满地拉。想完这些,我忽然想到了它的优点:"我们家鸟,嘴壮!"别人摇摇头:"养这玩意干吗!"走了。

别说鸟,就是个人不是也得有个受教育过程吗,谁也不是打生下来就知道憋急了得去马桶上坐着,谁也不是你说两遍就会学舌,指望一只几个月大的鸟成精,太有难度了。嘛也不会,也就指望能落个好身体吧。

养鸟跟养个孩子差不多,但凡消停一会儿,我就得赶紧找,不定又作什么祸了,啃电线咬耳机都是此时无声胜有声的时候干的。

后来有一天,它登封造极地学会了在被窝里睡觉。

因为每天早晨它负责去叫小主人起床，估计揣摩出这样躺着挺舒服的。你前脚走，它后脚自己进被子里去了。作为一只鸟，四脚朝天地躺着，还把脑袋枕在枕头上，这是以为自己在演动画片呢吗？一声不吭真是太讨厌了，你大呼小叫它就跟听不见一样，眼睛一闭立刻就进入梦乡，要不是那红尾巴总是有几根毛甩在外边，还真不好找。

本来就有一身毛了，它还给自己捂那么多，怎么就不觉得热呢？大热天连我都盖不住被子了，它还跟坐月子的产妇赛的。有一次亲眼见它飞到床上，也知道自己干坏事，贼头贼脑，拿嘴把被子掀开个缝儿，一头扎进去，最后红尾巴使劲摆动几下，就算给自己安置完了。你要跟110似的，将被子一把掀起断声大喝，它一脸无辜，有时候还扭捏着仰面朝天的身子拿爪子抓着自己的大黑嘴，用卖萌告诉你："闭嘴。"这时候，我会跪在床上，对一只睡回笼觉的鸟说："您别拉床上行吗？"还真仁义，灰机成天在床上睡，还真没拉过一回！

我妈很看不惯这么养鸟的。她每次开门前我都得把所有鸟赶紧塞笼子里，让它们看上去像鸟。要不我妈就得说："进你们家，跟进百鸟园似的，谁家鸟在屋里放养？夏天都不用开空调了，鸟全在头顶上飞。"要哪天忘了关鸟，我妈那么爱劳动的女性，什么床单被罩沙发套全扯下来扔洗衣机里，可就在抖被子的时候，甩出来一只正睡觉的鸟。

就跟打山洞里往外飞蝙蝠似的，我妈这叫啊！然后每次到我这来，进门就说："那祖宗给请进笼子了吗？"而且看见灰机就讽刺它，"祖——宗"是喊鸟呢。奇迹总有发生的时候，别看我成天燕语莺声耐心给灰机当人肉复读机，一遍一遍对着鹦鹉说"你好"特别客气，可人家觉得这就是应该的，根本不理会。

　　到我妈这儿，还没讽刺几回呢，忽然我身后特别清脆的一声"祖宗"，虎皮鹦鹉愣开口了。鸟这东西，学会一句就没完没了地说。看见我一走过来它就天天"祖宗祖宗"的，要用恭敬的语气也行，可那腔调就跟我成天好吃懒做似的。我妈是不住这儿，留下我成天在百鸟园里被一只像绿菜叶似的虎皮鹦鹉讽刺。

一只吃螃蟹的鹦鹉，告诉你怎么当个真正的吃货

自从家里有了大鹦鹉灰机，我考虑最多的是"把东西藏哪儿"，因为"放"显得太信任它了，常常在它若无其事的表情下坏事做绝。我举着一本我还没来得及看就被咬烂了的书在它眼前晃悠，像警察一样问："是不是你干的？"灰机把脑袋一侧，跟没看见一样，自顾自梳理羽毛。一副文盲相，可我能怎么地呢？摸摸它的小脑袋，声音低八度贱贱地说："下次不许这样了啊！"然后拿来纱帘，把书架全给罩上！

我妈经常会来抽查我的家庭卫生情况，这些日子对我的表扬明显增加。因为只要明面上能看见的地方全让我拿布单子给罩上了，跟随时要搬家似的。你想看哪儿？大幕一拉，风一甩，倍儿洁净！我妈以为我又扬起了美好生活的船帆，于是决定在这住几天。

灰机不能总关笼子里，我不能不上班。当我轻轻把门关上那一刻，就知道下班没个好！一只鹦鹉还不懂怎么给主人长脸。

我妈觉得撤掉那些布单子才显得日子蒸蒸日上，于是洗衣机打开，单子全扔进去，门窗全开。而这时候，灰机也把自家防盗门拿嘴给对付开了。张开大翅膀那通飞啊！我妈在厨房做饭倒也没发现大鹦鹉在屋里扇风，可看见它的时候，鸟站在卧室的床上，隔着枕

巾嗑枕头里的荞麦皮,我妈能干吗?全套床品都是她给买的,老太太掉头就去找苍蝇拍,跟轰牲口似的嘴里喊着,胳膊舞着。灰机自己跟枕头较劲正无聊呢,一看来了伙伴,张着翅膀就跟苍蝇拍滚一块儿了,大爪子牢牢抓住塑料杆,甩都甩不下去。我妈一气把它们都扔床上。

老太太拿起放桌上的充电器要给手机充电,突然发现接口处铜丝都露出来了,也就连着点塑料!我妈大叫:"你个讨厌鸟,你又干坏事!"这么一招呼,大鸟滑翔着就飞来了,根本不管我妈多么气急败坏,自己在台灯架子上没完没了地做引体向上。

吃饭时间到了,我妈自己盛了碗饭,菜都藏厨房了,吃多少往碗里扒拉多少,然后打算消停看会儿电视。可是灰机怎么能容忍人类背着它吃东西,干脆直接飞到我妈脑袋上,抓住头发倒挂金钟,那一大口米饭直接到嘴。

鉴于得拿鹦鹉当家庭成员看,我妈吃苹果的时候看不得一只鸟对她咽口水,于是把苹果举过去"你咬一口吧",灰机伸着脖子,没咬,人家愣是把苹果拿黑舌头舔了一遍。难道你以前受过丐帮的训练吗!我妈嫌恶心,被一只鸟舔过的苹果怎么吃,于是就把剩下的都给它了。灰机又开始一口一口地咬,也不吃,咬下来就甩,把我妈给烦的。

老太太觉得孩子上学大人上班都辛苦,这个季节海鲜又下来了,就买了螃蟹和皮皮虾,蒸出来两锅等我们回来吃。可是,我们还没洗手呢，鹦鹉已经开始剥海鲜了，技法娴熟像天天吃赛的，而且吃得比我细致，边边角角全给抠到了。

在家，你就不能当着它往嘴里送东西，你送一次它就记住了，你说这记性怎么不用在学习上呢？我妈打喷嚏，撕了张纸擦鼻子，就算纸撕得有点大，连嘴都挡住了，你也不能把卷纸全叼走咬啊！

灰机偷偷喝完别人碗里的稀饭，就若无其事地站着，你看顺着脖子流的痕迹，那片湿毛就说明它又偷偷吃什么了，还装！

这个不停犯错、惹祸的家伙，你什么时候才能说句人话啊！

一个两岁的一个四个月的看着

我知道养活物不能跟存钱一样总往家里敛,可是架不住总有朋友送,好在不是野兽,我觉得只要不吃人,多张嘴也不算什么。所以自打灰鹦鹉住我们家,我就开始在网上搜各种关于如何让它茁壮成长的信息,五颜六色形状各异的零食滋养丸都备齐,葵瓜子大的小的各来一斤,腰果还是越南产的。当我把春节果盘似的美食摆它面前,人家不吃,就跟都有毒似的,心眼儿多的不是地方,它一心盯着你的嘴,你吃什么它吃什么!至此,鹦鹉打能自己吃饭,吃的就是自助餐,只要看你一筷子下去还在嘴里嚼了,它就跟见了失散多年的至亲一样豁了命往碗里冲,所以什么烩饼鸡蛋、茴香饺子、包子馒头、稀饭炒菜、砂锅烤串,鹦鹉吃了一肚子菜谱,什么都得尝尝。最腻味人的是,它不会用餐巾纸咱能理解,但是每每用餐完毕,嘴上那点儿"福根儿"全蹭我肩膀上了,小脑袋左一抹右一蹭直到把那张黑嘴擦得锃亮。自从这鹦鹉入住,我的家居服立刻换成了一水儿旧绒衣,多热也忍着,因为不能让咱纤细的大膀子被抓,在屋里我的角色就是移动树杈子。

送鸟的朋友隔三岔五地问鸟过得如何,从来就不关心我过得如何。就一天我进屋没来得及换树杈子服,大鹦鹉飞过来就被我脖领子处金光闪闪的扣子给吸引住了,毛茸茸脑袋伸过来,我以为要跟我亲热呢，还没来得及陶醉，它那鹰钩嘴看着像塑料的，可咬合力跟把老虎钳子赛的，上来一口，扣子直接掉脚面上了。就指这件在外边出席场合，衣服老么贵呢！我还不能尖叫，不能发怒，因为我情绪一变再把它惊着，那八个黑指甲能把我这高级料子挠烂了。作为女主人，还得和风细雨、温柔体贴地把它请到自己站架上，然后给个苹果啃着。

那么甜的苹果你就好好吃呗，人家看不上，跟寻宝一样只想找到苹果核，所以甜而多汁的苹果成它磨牙棒了，咬下一块头一甩，扔掉。没一会儿工夫，好端端半个苹果全给甩成苹果碎末，然后美滋滋地嗑那苹果核里的籽儿。

如果你只吃能吃的也就罢了，可它那无尽的好奇心让你能疯了，一眼没看到，我的电脑电源线外皮就被开了，耳机不知道什么时候打我口袋里给揪出来拆剩下铜线，我看了一半没插回书架的书，它把另一半的字咬得不剩几个了，并且还在钢琴罩下面找到了藏身之所，干完坏事就没影了。我每天下班匆匆忙忙往家赶，别人问，我还得说："孩子在家，得盯着他念书。"其实呢，孩子不用我管，急着回家是怕这灰头灰脑的家伙作出什么新祸。开门的一瞬间就是各种告状。

为了和平共处，我花重金买了高级大鸟笼，里面玩具应有尽有，食罐都是不锈钢的，一米七高，还有露台呢，它要站在最高处我都得仰视。我心满意足地前脚上班，再回家，鸟笼子里就大变活人了。

街坊邻居拿遛我们家当遛动物园,不同房间不同品种,还有带着青菜来的!我迎面就看见一个小朋友正快乐地坐在鹦鹉笼子里打秋千,还急切地让妈妈"快关门,锁上!"而此时,大鹦鹉站在灯架子上冷眼看着这一切,还拿嘴抠着脚丫子。

很多人问,你们家这鸟叫什么啊?我想,其他鹦鹉的名字都太土,跟外号似的,要不给起个洋名吧,就叫 Lucky,当我妈弄明白这名字是什么意思非常不满意,她说:"叫什么拉屁,叫太讨厌吧。"

拉屁转眼四个月了,几乎把我预想不到的坏事全干了,惹祸捣乱,可是就像孩子的成长一样,你能跟一个在探知世界的家伙制气吗?只能用足够的耐心教育他们。拉屁常常在我身上玩累了,直接躺倒在我腿上,像一只死鸟那么坦诚,每天早晨听见我的命令,就去叫小主人起床,那轻手轻脚的温柔劲儿,能让人把它做过的所有坏事都忘了。

有时候会让它看着家里的陆龟不要乱跑,拉屁尽职尽责,尽管它歪着毛挡着,陆龟还是往沙发底下钻,长鹰钩嘴的家伙也没辙,这时候拉屁就开始叽里呱啦地说含糊不清的"人话",我赶紧过来一把将陆龟抓起,重新放到一个宽敞的地方。一个四个月的看着一个两岁的,就是这么神奇。

此时,动物世界消停了。随着不停有街坊邻居问它们会什么小把戏,我们家就快变马戏团了。

一只学存钱的鸟

一个朋友实在看不惯我叶公好龙的劲儿,把我拉到他朋友家,我一进门就蹲地上了,因为这家居然养了一客厅的鹦鹉,全摆在地表,跟养鸡似的。这个朋友用蹭上土的大皮鞋脚尖指着一只蓝和尚鹦鹉:"这鸟多大了?"都没人理他,男主人在屋里出出进进,"你们随便看"这句话飘在客厅里,像影子一样跟在他的身后。"脏皮鞋"觍着我:"你成天说自己对鹦鹉多懂,怎么样服吗?人家都是自己孵的。"经过了一场论文答辩似的对话,我纸上谈兵的功夫发挥到了极致,养鸟的人忽然说:"要不你拿走一只灰鹦鹉吧,这次孵出来好几只,你养我放心。"这不就是天上掉馅饼吗?我怕他变卦,立刻就奔保温箱,中途还把金刚鹦鹉的站架给踢了,那鸟大叫,抓着杠子突兀地忽闪着翅膀,还真凉快!"脏皮鞋"在旁边起哄:"看看哪只跟你有缘?"一群摇头晃脑的家伙奔我而来,黑色的小鹰钩嘴啪啪地撞着保温箱的玻璃门。我选了跑第一名的"灰机",时隔多年,我又担当起了母鸟的责任。

打网上买了外国鹦鹉奶粉,跟养孩子一样,奶粉也分阶段,每四个小时起来喂一次。奶的温度也必须控制好,不能烫不能凉,和好后全吸到针管里,再往鸟嘴里打。我每天半夜跟女护士查房一样,一针下去,心里想的是:"祖宗,你快长大吧。"

终于，三个月后，灰机断奶了。但它因为融入的是人类社会，我们只要一吃饭，它也扭达着过来，扯着裤腿往上爬，想看看你们人到底吃的嘛。它能一直爬到头顶，侧着脸看饭碗，因为只有这个高度才能掌握全局。第一天中午，灰机为了吃口碗里的米饭，居然用上了猴子捞月的功夫，俩爪子薅住两绺儿头发，倒栽葱身子就探下去了，我脸前面挂着只鸟，它先于我吃到了米饭。晚上煮的挂面，它干脆直接站到了碗边儿上，一猛子下去拿嘴捞起几根挂面，脑袋左右一甩，这就吃进去了，当然，碎面条也跟围巾赛的脖子边上甩得都是，还有我胸口上。

最可怕的是转天早晨，豆浆刚盛上，灰机一跳，就进碗里了，豆浆洒了一桌子，它还挺无辜，自己在那跺脚，嫌湿。我又开始跟护工似的一通拾掇。一只鸟冷静地站在灯架上，歪脸看着，偶尔发出几声乌鸦似的叫声。

因为灰鹦鹉智商高，坊间谣传着各种它会得抑郁症的新闻，还有鹦鹉把自己浑身毛拔得干干净净的图片，为了让鸟得到足够的母爱，我都不敢怎么管。可是我妈进屋不干了，大吼一声："哪有你这么放养的！"这时鸟打她眼前飞过，老太太惊叫一声扬手一抓，大鹦鹉正愁没什么猎物呢，突然调转回头，悬停在我妈脑袋上方，猛地降落，抓起两把头发再起飞。也就是不断地把我妈刚精心烫的发型给搅和乱套，老太太常年习武身手矫健，凭空一把，大鹦鹉落荒而逃，我妈手里攥着两根羽毛向我一挥："给你儿子当书签吧。"

然后留下话,让我把鸟处理掉,愤愤而去。

为孩子得六点起,这回为鸟得五点多起,我每次扛着这浑身灰羽毛的家伙出现在小区里,也会遇见遛狗的人,边走边问:"你这鸽子还挺听话。"我还得说这是鹦鹉,一解释更麻烦,能有人追上来说:"你能让它背首唐诗吗?"可我养的这家伙,目前还是个文盲,就因为总跟遛狗的在一起,我成天睁眼就对它无数次地说"你好"一点儿用没有,倒是开口就会狗叫。我妈对此很有意见,非让拿复读机让它背单词,彻底变成外国鸟。我妈的原话是:"你也让它学点有用的知识,知识改变命运!"可是这鸟对学文化特别二五眼,除了狗叫还会扯脖子吹口哨,里外里都是遛狗那一套。但大把的时光总不能不学无术,后来我就让它学着叼硬币往存钱罐里放了,得让它从小懂得过日子不容易。

据生物学家说,这鸟能活过我,因为它们的寿命起步就是七十年,还有活一百多岁的,能传辈儿了。我很难想象我重孙子因为一只老鸟会背首唐诗而给它养老送终,还是学点服务于人类的吧,学存钱!

鸡精王大花

王大花是个弃婴。毛茸茸的时候被一户人家买了给孩子玩,一身贱骨肉儿在快被玩得奄奄一息的时候送到我这儿,没几个月就出落成一只大公鸡。红色厚实的鸡冠,金黄色的翅膀,外加泛着荧光的绿尾巴,除了眼睛小点儿,简直就像是打画里走出来的。在阳光下浑身一抖棱,威武、健硕,随便拔把毛便能做个上好的毽子。

因为从小出生入死,王大花已非等闲之辈,知道第一时间巩固自己的江湖地位是多么重要。小区里有好心人给流浪猫狗投放食物,那些饿急眼的家伙从四面八方奔来,只要这时候王大花在,它一瞪眼,尽管有的猫把脸已经快凑到食物上了,也会看着王大花犀利的眼神默默退后,那俯首称臣的贱劲儿啊!王大花就跟炊事员赛的,站一会儿,等饿透膛的流浪汉们安静下来,它再趾高气扬地离开。猫怕它也就罢了,狗也怵它。一块没肉的骨头,你说一只公鸡要那干吗,但在王大花眼里,你不能心里没我,谁要是不经它允许先叼了骨头,它就能一路追着去啄狗尾巴。

作为管理者,王大花就跟在大企业待过似的。猫狗服它,人民群众拥护它。因为长得好,还经常主动跟人合影。居然有一天一位奶奶站在小区当街夸了王大花十分钟,说它懂得谦让。我真纳闷,这一切一只鸡是怎么做到的呢？

王大花喜欢孩子、老人和女人，有眼力见儿主动献殷勤，这三类人群摸它逗它拍照，它都跟个职业模特似的让怎么待着就怎么待着，可是见了成年男人，它身上每一根羽毛都充满了警觉，谁都别想碰它。离得稍微近点，王大花脖子上的毛立刻竖起，鸡冠充血，翅膀下压，这就要打架。而有人偏偏喜欢拿它找乐儿，三号楼的一位大哥每次见到王大花都要追着拿脚踢它几下，王大花仓皇躲了两次之后，记住了门牌号和这个仇家上下班时间。掐好点儿就守在楼附近，只要那人一出来，王大花忽闪着翅膀，甩开黄色小短腿跑得那叫快，瞬间冲到那人身边，张嘴就啄，弄得这位大哥出门进门得留神，必须躲着一只鸡走。招欠的人后来见到王大花可有礼貌呢！

只要它一出现，这大哥就在那唱："大河向东流哇，天上的星星参北斗哇，嘿嘿，参北斗哇。生死之交一碗酒哇，说走咱就走哇，你有我有全都有哇，嘿嘿，全都有哇。"跟一只鸡论这个太够意思了。我看这趋势，王大花都能进业主委员会。

大概王大花心里也清楚，光在江湖上有把子力气不行，还得讲修养，所以最近它所有的时间都耗在下象棋上了。因为知道王大花不会受欺负，所以外面一暖和就把它放出去了，太阳下山前它准在门外待着等回家。它一出门就半跑半飞往小区老头们下象棋的亭子那赶，跟多着急似的。要是看见凳子上已经坐满了人，它会找自己熟悉的大爷拿嘴牵牵人家裤腿，大爷就会把它抱在腿上观战。如果它先到的，王大花就得自己占个座站那看。它能一站几小时，目不转睛盯着棋盘，局不散它不走，连姿势都保持不动。可惜没人带它玩。

王大花跟养鸽子的丁爷爷最好，因为他口袋里总能掏出来几粒麻籽。有一次，丁爷爷刚掷地有声地把棋子挪了一步，王大花就一次次地啄他上衣口袋，有了鸡的提醒，丁爷爷悔棋换了一步。对面的大爷急了，挥起手扒拉王大花，非说它支招。真高看鸡的智商，它能看出什么来啊，顶多是馋了。王大花也不干了，过去就是一口。最后的局面是，王大花站在棋盘上俯视一群老头下棋。大爷们还都特别喜欢它。

王大花特别有记性。有一次往正怒放的君子兰那边凑，被我一声吼，之后总是离花远远的，不再靠近。因为不是养鸡场，王大花在小区里也没有找到自己的同类，所以就拿人当作了生活的参考，总是跟在人后面走。当你与一个小动物朝夕相处，就能发现它的性格它的心思，当然还有更多它的可爱。只有当王大花把米打翻在地，然后用俩腿儿刨得暴土扬长，才意识到它是只鸡。弃婴成为鸡精，赢得了大家的喜爱，也是难得的奋斗史。

谁说蜥蜴得吃苍蝇

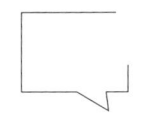

一个朋友突兀地跟我对话:"你们家蜥蜴一天得吃多少苍蝇?"像一道特别难的数学题摆在我面前。这题噎得我半天脑子算不过来,缓一分钟问她:"为什么蜥蜴就得吃苍蝇啊!"这都是从小看《动物世界》落下的病。

鬃狮蜥蜴大麦的成长是竹子拔节似的,别看我儿子成天又是仰卧起坐又是一千米那么练,个头还是看不出有什么变化。但大麦的身形,光看它蜕下来的皮就知道又大了,我都担心这么个长法儿,再超过我儿子。你说一个人愣没宠物大,连我这个当妈的都自卑。大麦不管不顾地长起来看,有点儿要破纪录的意思,这眼瞅就快一米了。

有一天我把大麦洗完热水澡披着浴巾的照片发到朋友圈儿,引来无数宠物世界好奇者的询问:"一个冷血动物为嘛要洗热水澡?"可咱家养的也不是冰雕,为什么不能洗热水澡呢?后来朋友强调,你必须把大麦的日常生活写写。

如果不是有照片为证,还真忘了它来的时候是多大点儿一个,趴在土土的手掌心儿里,像个小小的塑料霸王龙,时至今日,我整个胳膊大麦都能从头到尾扒住,那指甲尖的,我这么粗糙的皮肤都能给划出点印儿,总想着给它剪指甲,总不知道怎么下手。大麦是个洁癖，哪脏一点儿它就受不了，当一片干叶子掉在它下榻的卧房，它用一双勤劳而纤细的长手这通刨，跟耗子似的，把垫的膨化谷物全往后踹，一会儿就把自己水盆给埋起来了，你再看人造山洞里，那叫一尘不染，爬宠木箱都快给打洞了。这才是个菜叶动静就那么大，如果是它拉完屎，你没第一时间发现，它就要急眼。每次都半站在门前，俩手轮流拍玻璃门，要出去洗澡，嫌自己脏。

无论我这时候正在干什么，都必须第一时间出现在门边，用哄孩子的温柔语气说："大麦啊，别着急，我这就给您打热水去啊——"它的大白肚皮贴在玻璃门上，跟个孩子似的眼神急急可可看着你，你去哪儿，它的眼睛就往哪边转，两只手还保持着拍门的静止动作。我跟个金牌保姆一样，迅速打好温度适中的水，然后双手托着它，慢慢放进盆里。你以为只有狗会游泳吗？大麦先是把头高高扬起来以防鼻子进水，结果发现怎么抬头，脚丫子都够不到水底，干脆把身体打开，腹部摊平，一叶扁舟似的这就在水面上荡漾开了。

每次它洗完，自己会在屋里遛一圈，后羿似的，哪有太阳去哪。虽然家里就那么几间屋足够它转悠的，但有一天还是找不到了。也没人急着找它，床铺底下埋伏太多，怕再吓我一跳。转天早晨，随着太阳出来，大麦又回到了窗台上。我在它身后跟见了亲人一样喊了它一声，人家慢慢转过头。见过慢动作吗？比你见过的慢动作还慢！大麦看了我一眼，又望向对面的工地了，它就是监理，无论风吹日晒，成天盯着对面在建的楼盘，把房价都给盯上去了。

蜥蜴吃的就是日本的蜥蜴粮，比狗粮硬很多倍，每次嘎嘣嘎嘣跟吃崩豆似的，特别香。身体倍儿棒，牙口倍儿好。吃完干粮还得吃水果，它倒也吃不多，一瓣橘子或者一片苹果、火龙果，分岔的粉舌头嗖地一勾就进嘴了，然后咧开大嘴叉子开始大快朵颐。

看见了吗！我们大麦从来不吃什么苍蝇！

孩子总是能带给你崭新的生活，你还别不信这句话。要不是因为孩子，让我撒开了畅想人生，都不会想到有一天自己会跟霸王龙模样的蜥蜴生活在一起，还得给它打洗澡水。生活的奇观就这么来了，天天看着这个温柔帅气的家伙长大，你就会发现，接受了，其实一切都可以是美好的。

家庭里的野性

自从手机把手占上之后,街上打架的都少了,人类社会前所未有的消停。前些日子我妈在公共汽车上遇见老邻居,当着一车的人上来就问:"你们俩现在还动手吗?"那阿姨说:"都那么大岁数了,动嘛手啊,他成天瞟着手机看。""互联网+"的时代有助家庭和谐。

手机就像是能收了妖术的瓶子,可是对于不用手机的家伙,你就没招儿了,比如我们家的鬃狮蜥大麦,我把屏幕上调满了爬来爬去的虫子,它高昂着头,眼睛往下瞟瞟,扫一下,眼珠子立刻往上一翻,拿眼皮夹你一下。我整个人趴在地上,被冷血动物鄙视。即便这时,我依然憨皮赖脸地用童声呼唤着:"大麦乖。"它则嘟噜着双下巴,把修长的大指甲往我手背上一搭,跟西太后似的,眼睛依然不看我。我就是喜欢它那种高冷的劲儿,凡人不理显得温柔。而且人家还素食,除了吃点儿水果也就是莜麦菜和压缩干粮了。

我举着手机,人特别天真地趴在爬箱外给大麦拍照,为了将它身上的鳞片和尖刺照得有光泽,我把手机里的滤镜调了又调。大麦是个好模特,一个扭曲的姿势能摆半天纹丝不动。就在我莺声燕语拿腔作调地跟冷血动物沟通感情的时候,绿菜叶的老婆飞来了。绿菜叶是一只绿色的虎皮鹦鹉,它老婆自然也跟它一样,刚到这个世上没几个月，因为听惯了我哄孩子似的妈妈腔，以为我在呼唤它，忽闪着稚嫩的翅膀从客厅飞到书房，骄傲地立在我的肩膀上。这年轻的童养媳因为岁数太小，所以飞了这么点儿距离已经把小胸脯喘得一起一伏了。

看过动物世界吗？大麦瞬间不但立起了眼眉，连整个身子都立起来了。还没等我介绍"这是隔壁的小鸟妹妹"，大麦已经蹿起来了，跟动物世界里慢动作一样一样的，空中耷拉着两条满是鳞片的大长腿在我眼前嗖一下。我没眨眼呢，绿菜叶老婆已经扑腾着掉了下来，我刚要上前用我的身体护住它，意识到了，身子太沉没动弹。缺乏生活经验的绿菜叶老婆哪亮奔哪去，一头钻进了大麦的爬箱，因为那里三盏照明设备同时开启着。

要是脑袋小点儿，我也进箱子了。可是这时候，大麦已经跟《失落的世界》里的霸王龙一样，甩着粗壮的尾巴四条腿全站起来了，掉头跑进自己的地盘，目光犀利。这目光我熟，在动物世界里总见！

我开始拍地，对着箱子里放声大喊："你好！你好！"这是我训练绿菜叶两口子向我飞来的口令。大麦以为这是野性训练呢，平时跟萎靡老太太似的样子全无，上蹿下跳逮鸟，吓得我心脏病都快犯了。我正要伸手去解救，大麦一甩头，一口咬住了绿菜叶老婆的后腿部。"你好！你好！你好！"语气急促，小鸟一下就挣脱了，飞到我的手背上。我赶紧让它飞出去，再看大麦，满嘴的鸟毛。当时我惊魂未定，在那反思："为什么蜥蜴是吃鸟的！它居然还有牙。"

原本还担心大麦会被鸟毛噎死，但它很快就把毛全咽了，还拉了泡屎。

好在绿菜叶两口子天生乐观。要是我估计就疯了，可它们转眼就相亲相爱了，绿菜叶老婆腿旁边少了一撮毛，但不影响颜值。

手机里存了太多宠物们的写真萌照，这些从小在人类社会成长起来家伙，原来我们并不了解它们的秉性，甚至很多细节还不如手机了解。天性埋藏在它们沉默的基因里，只是我们再也无法帮助它们重返家园了，因为我们除了养殖场都不知道它们的家园在哪儿。这时候，多盼着它们也能融入"互联网+"时代，自己会发朋友圈儿，化干戈为玉帛。

辑三

没带纸巾就买个馒头擦嘴

我是个一本正经的人，但生活总是充满了戏剧冲突，要不说懒散是一个人优良品德呢，我就是靠着自己的懒散劲儿，才没疯。甚至，过得兴致盎然。要是日子太过平铺直叙我都觉得没什么劲了。我从来不跟突然冒出来的状况较劲，我委曲求全，顺流直下三千尺，走哪到哪，忽然就能发现新风景。

　　如果在饭馆，你刚啃完一个猪蹄子满手满嘴都是油，这里既没有纸也没有水怎么办？我才不会都蹭自己衣服上呢，我再点个馒头，擦完吃了，不糟蹋。生活没那么多地方需要大智慧，你能发挥小聪明即可。小聪明，让内心装着喜乐。

不辩

把旅游费吃回来

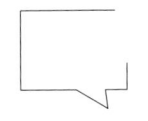

我发现神奇的朋友圈里，但凡是干旅游的，成天都在甩卖"临时缺位"，价格便宜，说因为大部分钱都让那些报名而临时退出的好心人给交了，所以到你这儿不但自己能少花钱，有时候还能再带一个人白吃白喝。那些好心人跟志愿者似的扎堆儿，经常二十多个名额同时出现，他们怎么那么视金钱如粪土呢？大方得我对这些"临时缺位"的说辞毫无信任感。

正是因为不知道打哪冒出来那么多交完钱变卦的主儿，让出国游变得比国内游还便宜。为防止有诈，我找了个朋友的朋友，她特别有主人翁精神上来就保证一定找价格合适的。因为带着孩子和老人，出去是为了休闲舒服，不是为了省钱，所以一再恳求她："就东南亚这片儿，我还扛得住，咱不要甩位的行吗？"姑娘挺用心的，到处找贵的团。后来，我们的旅行团阵容强大，全程跟着一位只会说英语的老外，他是英文导游，因为报名的时候没有测试我们的英语水平怕大家尴尬，所以又配了一名翻译跟随，你以为我们要去英语国家吗？不，这是去越南。自然到了那里，全程还有说越南话的导游和翻译。

我们把自己搞得特别像外国人，可一到酒店就宾至如归，满眼都是中国人。谁还用得上翻译啊，本来性格就内向的老外，从始至终都在默默独行，连挤眉弄眼的机会都少。入住的五星酒店伙食特别好，让你忽然就有了一股要放开了吃的豪气。你看那桌桌巾帼不让须眉的劲头，大多跟在国内饿了多少天似的，可以吃起来没头儿的自助餐她非要一气儿拿很多都摆在桌上。我是只要一说随便吃，立刻没斗志，甚至连食欲都没了，看几眼就能饱，大概头些年给吃伤了，所以我大部分时间都是端着咖啡看那些人怎么把一桌面东西吃进去。最让我佩服的是一位红衣女人，嘴跟菜道似的，食物进去就没，连炒方便面那种没特色的东西她都倒进去了一碗。我都看累了，她还能一边热络地跟旁边同乡聊天一边吃，那男同乡早就擦干净了嘴，在旁边鼓励她"再吃点吧"，男人的鼓励，就像战场上吹起的冲锋号，红衣女人站起来晃了一下身子，挺了挺胸，又独自走向取餐区。她再回来的时候，端了满满一盘子红色的毛丹。落座后，手拿餐刀，一刺一掰一挤，白色果实进嘴了。我再回头，盘子里全是一半一半的毛丹皮了。这是要吃出人命的节奏啊。

  这边的榴梿非常便宜，而且个头不夸张，熟透了的口感跟超市卖的完全不一样。咱这边的人对价格便宜这事非常敏感，也许在国内自己连吃都不吃，但因为便宜也必须多吃几个。我就有这样的心态，觉得不吃就亏了。也不知道是不是酒店的规定，还是国家的规定，像榴梿、杧果这类水果是不允许带入房间的，所以同胞们一个挨一个站在酒店外的墙边，每人手里抓着块软乎乎臭烘烘的东西在嘴里嘬来嘬去。榴梿再小，也能挖出好几块，一块下肚，闻着从嘴里呼出的臭气，我实在没勇气再往下吃，然后就举着餐盒问附近的人："我这还有，你们尝尝我这块！"可他们能把自己的吃完就不错了。从小没有浪费的习惯，只好捏着鼻子灌着海风跟十来位同胞一起继续把这臭东西吃完，同呼吸共命运，吃完一抹嘴，把臭味带进房间。从一个地方到另一个地方，冬天已经变成了夏天，后来我才发现，也不用太在意"临时缺位"的噱头，因为参加的什么团儿，大家的想法都是把旅游费吃回来，相比之下甩位的同胞胃负担还小点儿。

太多的孩子，就是未知的自己

昨天，老师从北京来，几个朋友约了要一起聚聚。这位老师是我青春年少时的女神，不仅因为她婉约貌美，还因为她是报社的编辑，我十六岁那年，战战兢兢地给她投了稿，写了一首无病呻吟的诗。那首诗变成了我热爱文学的里程碑，印在了报纸上。

在别人热爱学习的年级，我因为热爱这位老师，而自我打造成校园记者。第一次耳提面命地为头版写校园特稿，交上去的几页写满字的稿纸，换来一篇看着特别陌生的大文章印在报纸上，署名居然是我。偷偷去编辑部到老师的桌子上把自己的稿找到，在稿纸的缝隙里，钢笔字修改的痕迹铺天盖地，几乎把我的稿子重新写了一遍。

乱得跟废品收购站一样的办公室，安静到所有的字在我眼前放大。十几岁的我，站在那默默发誓，必须好好写才能让老师不那么辛苦地改我的稿。

现在想来，那时候的编辑是多么的认真负责，下功夫培养作者，哪怕她只是一个孩子。

后来我还是学了审计，进了某局的财务处，年纪轻轻过上了作威作福的日子。因为离报社不远，所以偶尔也去串门。直到，老师的一句话,把我查报表的日子清零,重新开始。那时候已经考完了注册会计师,已经考完了会计专业的中级职称考试,我却终于跟我少年时期的女神做了同事。

生命的暗处是有轨迹的。对于我这么一个爱幻想的双鱼座而言,文字确实比查账更适合我。后来,每出一本书都会第一时间给老师寄去,她未必会喜欢看我写的那些闲七杂八的东西,但我觉得她会高兴于我的不停动笔,会高兴于她几十年前最初的判断是对的。每次新书发布会在北京的时候,老师会默默地找个角落站着,远远观察,不到人群散去,我根本看不见她。她也从来不上台"说几句",那么多年了,就在旁边,看着你。

昨天,老师晚上离开天津,约好了下午聚一下。到了民园才发现,连咖啡馆里都几乎成了庙会,我们像一群外地人挤在人堆儿里买咖啡,排队俩小时,等送咖啡一小时。就在等待的过程里,老师忽然说:"我为你出气了。"我以为没跟我说话呢,又听见她说:"我把他狠狠教训了一顿。怎么能伤害你呢?"我不得不疑惑地问她:"是说我呢吗?谁伤害我了?"

后来我才悟出来,说的是少年时期她眼中的"爱情",我笑着问她:"我什么时候受到的伤害啊?我怎么都不知道呢?"她缓了一下:"你要是都不记得,就没伤害到。太好了。"

我也笑了。想起了几十年前,大概有人爱过自己,哈哈。不过,老师大概不知道,被不喜欢的人喜欢,这感觉特别难受。我也没有去追问,她为什么觉得我曾经受到了伤害,又找了个什么茬去教训人家。少年时光,谁懂得情感的分量,也许我们彼此伤害,但彼此不知。只有老师,看在眼里,始终惦记着。这都多少年了,当事人都忘得绝交了。

十六岁,真是太遥远了。

十六岁那两页被改得面目全非的稿子,是唯一的记忆。对老师的敬重,对自己的鞭策。我带学生,会像当年老师对我一样,因为太多的孩子,就是未知的自己。

要把这个谎编圆

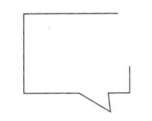

我如坐针毡地坐在评委席，其实就是一把普通椅子，还不会转，但因为桌上有个小牌儿，这椅子就升华了。封闭的房间弄得特别神秘，每个程序都由不同的人默默地递上一沓纸，然后退着往后走，眉眼低垂不跟你对视。门关得那叫一个轻，跟阵烟儿似的。幸亏不止我一个评委，要不这阵势我得害怕，如同在故宫里判作业。那些确实是作业，更确切地说是作文，华语作文号称来自地球各个角落，我们要挨个评分。

我揉着脖子问一个工作人员："你们都是从哪儿敛来的？"人家素质比我高，笑容可掬地回："都不错吧？"这句话把我要说的全给噎回去了。我把貌似父母代笔的放在一起，貌似东抄西摘的放在一起，觉得孩子自己写的放在一起，这种归属只能靠文字的感觉猜测。还有更狠的评委，已经开始猜到底是爸爸替写的还是邻居二伯替写的。小学生的童真和童趣居然在作文里那么少见，他们像哲学家一样，对着盘鸡蛋就能一针见血地悟出人间大爱，旅游的路上也不忘思考人生，根本顾不上玩儿。这是小学生吗，直接能干创业导师了，专门激励别人扬起生活的风帆。

经常有朋友半夜给我布置作文题，说孩子实在憋不出来了，老师也不告诉怎么写，只说写得不行，"怎么才行"快让一家人愁死了。

大部分作文是先得编个子虚乌有的事，再凭空捏造个形象，不但得编出真情实感，还得升华生命意义。各种作文书提供了丰富的案例，哪个孩子手里没几本老么厚的作文选，可翻来翻去能抄的也不过那么几句。总有人说，我们孩子要中考或者高考了，给我们补几天作文，要不孩子写不出来就揪自己头发。听完这要求，愁得我都快谢顶了。作文哪是临时突击的事儿，背作文，现场移花接木，这些招数不就跟扔给你作文选一样吗？

我常常想起我上小学的时候，生活比这会儿的孩子单调多了，语文老师还总强调"真实经历"。逼得我每天就盼着能遇见个破坏国家公物的，好去找警察报信儿，所以特别留心观察路上的每一个人，他们的表情动作举止语言，然后分析哪个人有可能是坏人。在我渴望跟坏人狭路相逢的时候，坐我前面的小个子女同学说她盼着能遇见臭流氓，那时候对臭流氓的理解无法达到今天的认知高度，我们觉得流氓等同于偷自行车的，所以俩人总去学校的车棚观察，谁的车新，谁家妈妈手巧做的车座套好看，以及谁爱干净把车条都擦锃亮全记住了。我们的小学时代过得非常平稳，想遇见的都没遇见，生活圈子窄到就在那么一亩三分地转悠，但是作文从来没枯竭过，因为没事找事的时候我们注意到了太多的细节，别说八百字，八千字也拦不住我们想说的话。

我们仿佛进入了一个功利时代，不停地要求立竿见影的效果，孩子没有大量阅读的积累，没有系统的写作训练，没有留心地观察过生活,你凭什么要求孩子必须写出高分作文?最后作文变成了一个撒谎教育,还要求把这个谎言编圆,编出意义。真难为孩子们了。

从来没像现在这么讨厌过一个符号

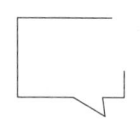

很多年前,我们把在单位里干得好好的,辞职去做买卖的人,叫"下海",更多的人选择在陆地观望,不会水的、怕淹死的、喜欢待在旱地上的,反正各种心态让我们一边仰望,一边抱着看笑话的坏心眼儿没动静儿,可是早早下海瞎扑腾的那些人发了。人家用几年时间就在我们眼前演活了一出励志剧。不过,我们不羡慕,谁叫我们连游泳衣都没给自己置办呢,干好本职工作不好高骛远,父母总是这么教育我们,所以"踏实本分"还是美化的词。

很多年过去了。我们忽然进入了"互联网+"的时代,怎么进来的都不知道,反正自打我们每个人在手机和平板电脑上耽误的时间越多,我们被"+"得越瓷实,以至于我们得委身于它。总是听见有人在说:"你没有互联网思维怎么行?"这样的提醒,就跟发问的人多懂似的。其实除了惶恐,除了不断地把手机屏幕划亮,谁比谁懂得更多呢?

总让我想到东非塞伦盖蒂平原上如史诗般的动物大迁徙,数以万计的角马、羚羊、斑马在不停奔跑,它们被头领带着一路狂奔,哪怕是悬崖也叠加着往下跳,总有身体能铺成路让大家继续向前,哪怕湍急的流域里有埋伏着的鳄鱼,也得纵身跃入,总有身体堵住鳄鱼们嘴的时候可以接着赶路。远方有什么,在动物们的心里很清晰。

而我们其实并不知道"互联网+"的那边有什么,可是在你沉吟着考量的时候,人群来了,乌压压一片,大家推搡着一起出现在"+"的另一侧。大学生们开始创业了,在我住的小区里,不时要被拦住让扫二维码,他们开了网上小超市卖进口零食。孩子们脸上都带着欣欣向荣蒸蒸日上的表情,所以我只能扫完码在心里祝福。还有的学生不愿意当"互联网+摆摊儿的",他们打算内容创业。弄个微信公众号是最两袖清风的起家模式,然后就可以发点儿大家爱看的内容,只要有"10万+""100万+"的阅读量,那就不用愁钱了,可以干等着天上掉馅饼。

很多经验老到、吃了内容创业甜头儿的前辈诚恳地告诉你如何赢得粉丝经济,如何做到百万以上阅读量,如何讨得大众欢心。你以为你学到几招花拳绣腿就能飞身上擂台,前辈们便步拧腰就能把你掀翻在地,功夫是人家的。作者要向"10万+""100万+"献媚,也成为一种要学习的能力。当全民都变成标题党的时候,内容也就没法看了,拿阅读量来衡量一篇文章的价值是多么可悲。那些安心创作的人,是不是也收了他禅定的功法,投身洪流,想着怎么能把标题起得更刺激点儿,让读者有兴趣点开,他们也开始分析大众心理学,把东拼西凑的东西想办法归纳得更有爆点?盲目追求阅读量,就跟追求票房一样,急速拉低创作者和受众的审美,烂得壮观甚至成为了一种标杆。

朋友圈儿里，大家都成了微商，连卖的东西都雷同，彼此行家，发完广告说疗效。如果全民都走上创业路，估摸着离穷也就不远了。小蜜蜂酿点儿蜜都不够这些人网上卖的，"互联网+"像一根鞭子，不停地驱赶着人们奔跑。那些安静而美好的事物，人们再无什么心思停下来去眷顾，我们时刻提醒自己，要快，要强，不要被时代落下。我们跑得太快了，别说灵魂跟不上来，就连影子都快被甩掉了。

我从来没像现在这么讨厌过一个符号，那就是"+"！

就怕查酒驾的

我最佩服有酒量的人,酒倒哪种容器里无所谓,只要端起来就能一干而尽。男的能喝也就算了,那简直就是职场标配,我认识一男的因为没当上科长,在我面前眼泪汪汪,我问他哪比其他同志强,他拍着桌子说:"姐,我比他们能喝!"这个优点终于在第二年让他如愿当上了领导,虽然只管不到十个人,但那也可以趾高气扬好一阵了。问题是女的能喝,这就太让我仰慕了。我恨不能把白水倒白酒瓶子里,而有的女的能把白酒倒矿泉水瓶子里,随时闷两口。我问过,已经有那么大酒量了,别嗜酒了,女的摇头:"练口语,还得创造环境呢。就会这么点儿技术,别退化了。"对自己要求太严了。

有时候晚上接孩子,路上经常能遇见查酒驾的警察在路口一字排开,每条车道上都站着人。我的心立刻怦怦跳,心率比平时高好几倍。咱喝酒了吗?没有,咱连饭都没顾上吃呢,可为啥见警察就害怕,我也纳闷了。打老远开始减速,然后摇下车窗,警察一摆手里查酒驾那仪器,我咣当就停他面前了。坐在副驾驶的朋友说:"警察让你走呢!"我说:"脚不跟劲儿,找不到油门了。"我那朋友不定多后悔坐我的车呢。

警察看我就没有要开车的意思,只好把探测器在我面前举了一下,我使劲一吹!这口气儿还没断呢,他就收手了。副驾驶朋友这通乐:"你以为体检,查肺活量呢?"其实我就是想说明,我不仅不喝酒,还胆子特别小。无论我吃什么,都提醒自己不要酒驾,所以,我从来不喝藿香正气水,做菜也从来不放白酒去腥,毕竟满嘴腥气味儿不算犯法。

对于喝酒这事儿,也得棋逢对手将遇良才,俩能喝的人最后成两口子了,他们孩子虽然才四岁,在我眼里就跟个酒心巧克力似的,血液里大概都是度数。这一家三口征战朋友圈儿线下饭局,一般吃饭,只要身边跟着能喝的我就踏实了,酒桌就是战场,本来挺和谐的气氛因为有酒变成了厮杀。而我,像一个特别体贴的保姆一样,守着"酒心巧克力",他吃什么我吃什么,你一口我一口,把好菜吃了个遍。而这时候,他的父母已经开始展露峥嵘,谁往我这看,他们就立刻站起来端着满满一杯白酒对着人家举一下,就倒自己嗓子眼里了,弄得我跟"酒心巧克力"安全指数爆棚,无数噼啪射来的子弹全给挡回去了。

一顿饭就是在这样激情燃烧中度过了,大家都高兴都脸红脖子粗,大概因为喝得都恰到好处,集体表现出依依不舍。为什么说没人喝多呢?因为大家法律意识特别强,纷纷掏出手机找代驾公司派司机。一个帅小伙把能喝的三口之家运走了。过了一个小时,我的电话响,"酒心巧克力"他妈语气急促:"快给我压压惊吧!我们遇见警察了!"难道连酒后坐车都算犯罪了?

BU ZHUANG

不管你正经历什么，请记得：如果事与愿违，就相信一定另有安排。愿你想要的都拥有，得不到的都释怀。

仪装

如果能够学会管理自己，你就可以改变人生当中的许多事。

BU ZHUANG

自身有价值，才会像吸铁石。不要抱怨世界，让自己强大才是给自己最好的安全感。

不守寂寞，岂见繁华。

BU ZHUANG

年龄不是衡量一个人的刻度,只有责任的叠加才会让人逐渐成长。

伪装

每个人，都会咬着牙度过一段没人帮忙，没人支持，没人嘘寒问暖的日子。过去了，就是你的成人礼。

BU ZHUANG

世界上所有的惊喜和好运，都是你积累的人品和善良。

伪装

控制，是最糟糕的教育。

后来一问才知道，代驾司机把车开到小区附近，"酒心巧克力"他爸防范意识特别高，不想让司机知道自己住哪，于是就让司机把车停在两百米外，他自己可以把车开进去。可代驾走了，等他坐在驾驶坐上，怎么看小区门口都站着个警察。三个人轮流猜，从服装到体貌特征，交警无疑。男的说，反正我喝酒了，不能开车，女的马上反应，反正我也喝酒了，也不能开。这时候，坐在后面的"酒心巧克力"大哭："你们都不开，总不会让我把咱家车开进小区吧？"四岁的孩子发出生命的质问。父母吓得一个安抚，一个赶紧给代驾司机打电话让他回来。

看来，不能酒驾这事儿越来越深入人心了。

躲开，让女鲁智深来

"分享"这个词儿特别美妙。浑身散发着光辉和温暖，跟个暖宝宝似的，贴哪儿都代表着心意。我徒弟下午磨磨唧唧站起来坐下，坐下又站起来，最后蹭到我的办公桌前，拿俩拳头撑着桌子，因为他脑袋正好把头顶上的管儿灯挡上，我的眼前唰一下就黑了，侧脸儿问他："你干吗！"他欠着身子满脸堆笑："昨天晚上发生了个段子，是个秘密，你能不告诉别人吗？"我就喜欢主动爆料的，还秘密，还不能告诉别人，这不就是坚定不移地要求我赶紧写得满世界都知道么！咱懂！

我徒弟站在管儿灯底下，说了前一天晚上下班后发生的事儿。

他说采访对象白话起来没完，等那边挂了，他开始写稿，这一晃就过了十二点，他打了辆车往家奔。路上清静所以很快就到了小区口。在下车之前，时间事件都是流畅的，但当车掉头开走，我徒弟像个奔波忙碌的成功人士要进小区的时候，意外发生了。

说意外，是为了烘托他内心的气氛。他在管儿灯底下皱着眉，面部表情紧张地说："姐，你猜！"我仰脸说："出来一条狗？"他立刻撤了撑在桌子上的拳头差点要给我鼓掌："呀，你怎么知道的，是条流浪狗！太可怕了！"后面的，我都不想听了，脸转向电脑屏幕。

我徒弟是一个特别投入的人，故事讲了开头，就必须有结尾，我给他诊断为"分享病"。虽然我不看他，但我也特别想知道一条流浪狗能对他怎么着。我徒弟一米八几，毫无娘炮嫌疑，别说乍一看，怎么看都是个阳光小伙子，打有学生会那会儿人家就是主席，无论站在哪儿既会说又能演。可是在宽阔的小区门口，却被一只脏了吧唧长着下龅牙的浪迹天涯的京巴拦在了小区外。这狗是梁山好汉投胎的吧？

十二点多，聊斋志异还开始不了，书生一再强调："姐，那狗叫，不让我进小区，而且它叫得都岔气儿了。我太害怕了。"就算他口口声声喊我"姐"，我也不觉得那场景有什么可害怕的，我说，你假装蹲地上捡石头，狗就吓跑了。可是，我徒弟说："不是得关爱小动物吗？"我肺要是不好，一口浓痰得喷屏幕上。

当时局面是，僵持了一分钟后，书生掏出自己的手机，屏幕上出现三个数字"110"！我立刻就站起来了，大喊："哎呀，你还喊警察了！"

警车很快就来了，流浪狗特别有眼力见儿，转眼跑没了。警察叔叔给他一顿数落："我以为报警的是个小闺女呢，怎么是你啊！"书生尴尬地搓着手，并要求警察叔叔用警车送他进小区，他怕在警察走了之后，流浪狗跟踪他，知道他住哪门。三百米！拿警车当嘀嘀了。

我特别严肃地跟我徒弟说："拜托你以后千万别说认识我！"书生没理会这个茬，继续讲他故事的尾声："我一进屋，就给我老婆讲了小区门口的奇遇。我告诉她,这是个秘密,千万别告诉别人。"我说:"你老婆单位同事今天准全知道了。"

故事讲完,我徒弟如释重负,快乐地扭着就离开了我的办公桌,走了几步,还回头笑着叮嘱我:"这是个秘密,别跟别人说哦。"我恨恨地想,秘密个屁,必须跟所有人分享!

我就不明白,为嘛铮铮男儿胆那么小。回望办公室,女的一个个活得都跟鲁智深似的,饮水机上的水桶空了,咱左手一桶右手一桶,脚底下还能踹着再运一桶。等到往上装的时候,书生总是歉意地揉着自己的腰说:"我上学的时候踢球,腰椎间盘突出了,不能抬重物。"我们理解,女鲁智深一探身,把住水桶两头儿,呼一下,饮水机就发出咕噜咕噜的声音。围观的歉意男们散去。走夜路更是没问题,有的女编辑包里还带着棍子呢。

常常见到身边的男生,越来越秀气,无论是外表还是内心或者性情。也难怪,女的只能往鲁智深的道路上渐行渐远。

心灵鸡汤这个伪娘

男的越来越秀气,脸上的粉底越来越厚,人家是赤裸裸地打算告诉你怎么做女人。伪娘对于不太懂得修饰自己的女人而言简直就是励志人物。他们雌雄难辨的模样总是让我想起那些横在我们人生边上的名言警句,那些随便拿出来一句都能醍醐灌顶的心灵鸡汤。一句一句那么漂亮,怎么说怎么是,让你一对照自己,怎么活得那么粗糙呢,内心一顿捶胸顿足。

我有个朋友,在我们喝凉水都怕长肉的年纪,她吃肥肉都不带上膘的,瘦对于她而言那痛苦程度可比胖对于我们煎熬得多。在胖子堆儿里当瘦子,就像韭菜地里的芹菜,又显眼又病态。没错,她非觉得自己有病,尤其站在那些明晃晃的心灵养生和实战养生的鸡汤文字底下,她脸色苍白地开始遍访神医。鸡汤里说了,随缘,怎么就那么寸,出门就遇见神医了。大夫问:"女人得对自己好点儿。你哪儿难受啊?"这朋友说:"我腿酸。"大夫让照CT,举着片子告诉她:"腰椎已经到重度了,赶紧治吧,要不来不及了。"我估计这大夫要卖拐,这朋友都得买几副,因为自打诊断出来,她立刻觉得自己的病简直过不去了。等我再看见她的时候,人家已经在床上躺了三天,腹部裹着专业纯皮大护腰,跟刚打两军阵前厮杀归来的花木兰似的。本来是能健步如飞追公交的,遇见神医之后,跟做了试管婴儿孕妇一样，愣不能动了。你要说神医不神，我都不信！

还有个朋友，按部就班地在公司上着班，忽然就辞职创业了。人生嘛，甭管多大岁数咱得允许人家有梦想，这算国家政策，很多墙上都写着"梦"这个字。"人生，随时开始都不晚，只有再不开始，才完了。"睿智的话，改成签名之后我就问她，你打算干点什么呢？她说："卖猫！"我心里这嘀咕，地铁口总有卖小猫小狗的，这叫什么创业啊，最多叫摆摊儿。作为朋友得照顾生意吧，问问多少钱。那朋友说了个数，立刻灭了我想助人为乐的念头。"猫，最少两万一只吧。"这猫是纯羊毛的吧，两万起！

我那朋友是这么打算的，买两只名纯种外国贵族猫，鼓励它们要二胎或者更多，然后卖它们的亲生骨肉。她也不算算，俩猫一辈子才能活十几年，满打满算锲而不舍地要孩子，能生多少啊？而且，她自己生活那小区全是外来人口，流浪猫都没人愿意喂，好几万的贵族猫，不遭人恨吗？一个人怎么能活得这么乐观呢？我问她："你这猫，会拍照吗？会送快递吗？嘛也不会，凭张猫脸就得让别人供养，你客户在哪儿呢？"但这朋友坚定不移地往养猫的创业道路上去了。她说："总要尝试和努力才知道结果，不同的选择会有不同的风景，为什么要和别人一样？"我就想了，有本事在你们小区办养猪场啊！养名贵耗子，也比养猫算计着有盈利前景。

我们每天都被各种各样别人的说辞吸引，那些鸡汤一样仿佛能点醒我们的话能信吗？它们如同伪娘，化多少遍妆才出门，修饰够了让你看见他的皮肤他的气质，你要信以为真，就也离伪娘不远了。

这些引诱你反思人生的各种说辞和故事充满了断章取义。我们不可能照着别人的"一段儿"过一生。东施效颦应该是个贬义词吧，怎么到实际生活里就成了褒义词了。难道踏踏实实过日子不是一种风景吗？

好好洗把脸照照镜子。我们天资平平，我们就是自己看到的样子，我们能主导自己的健康。那些人生导师自己过得如同荧荧鬼火，怎么可能把我们的人生照亮，凭啥他说我们有病，我们就真有病了，咱又不拍《捉妖记》。泼一盆水，让那些伪娘见鬼去吧！

没有谁的日子，是一直踩着红毯过的

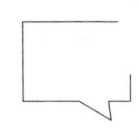

乐观、真实的面貌是刻意而为的，没有谁天生大大咧咧二二呼呼，那是二傻子。在二傻子与智者之间有一道门，这边是纯天然无污染打胎里带，那边是经年累月历尽风霜修炼的结果，就像都是金属，一块破铁跟一块锻造后的钢摆一块儿，你选谁？

很多人积极乐观，很少在乎什么，心地粗糙得可爱。但你没有深入他的生活追根溯源，你要是一直摸下去，多少阳光下的故事就全是雾霾了。我有个朋友，她打小就被父母放在一个患有严重精神分裂症的亲戚家寄养，所有旧社会才有的日子，她在新社会的童年阶段都经历了一遍。大了父母找来，她又开始尽孝，把钱都拿去给父亲治病。到了婚配阶段，经营了七年的婚姻又被小三搅和黄了，自己带着孩子过日子。够倒霉的了吧？可是你从她身上几乎看不到任何悲摧的影子，反倒是个乐观积极幽默的人。

我们原本都是块铁，但是当你特别不幸掉到了熔炉里千锤百炼，再出来，你就可以削铁如泥。为啥？因为苦难与不顺利早就把你锤炼得兵不血刃。没有一个人的生活是完美如意的，你看到的，永远是精敲细凿之后的成品。

我们每天过日子，不是走红毯，脚下的路也禁不起设计，二傻子必须推开智者那扇门,走过去。

1. 对生活的刁难说一声:去你大爷

糗事、背叛、失望、小人等等这些拦路虎层出不穷,"拦路虎"不是"路虎",你就坚信一点:倒霉蛋不止你一个。遇见这些负能量,我一般都是直接迎上前去,从来不躲,不都说"穷的怕横的,横的怕不要命的",当你勇敢地出现,那些虚张声势的负能量就下去了。有的时候,我们真的是一穷二白要啥没啥,所以只能拼勇气,自己给自己壮胆儿,你敢站出来对生活的刁难说:"去你大爷",它就服你了。

2. 你要把偏执当坚持,你就是真二傻子

我们常常弄不清一些概念的界限,大家都赞美愚公移山,觉得那就是个毅力的体现,世代坚持。可是这不就是个二傻子行为嘛,后辈儿要是觉得他祖宗特别有脑子也不会叫他"愚公"。同样是搬石头,你瞧人家曹冲称象。

不要觉得静静地做个美男子,把一个世人看似荒唐的东西坚持下去就算是值得称颂的精神,堂吉诃德跟风车作战的故事至今也是警醒二傻子行为的典范。偏执就是偏执,不走脑子的坚持那就不是犯傻吗?

3. 把自己活成一个励志故事

如果你努力过,其实每个人的日子都是一部励志故事。这个故事不是给别人阅读的,更犯不上逢人便讲,心态成熟的人,苦难过去就会忘记苦难,而不是常常拿出苦难的勋章自己擦拭。快马加鞭是需要轻装上阵的,成熟的人知道行李中该带上什么,途中该扔掉什么。我们已经出发了很久,初心改变了又如何?改变,才是不变的现实,更加积极乐观地活着,是为自己好。

4. 痛苦的不是离别,是没好好告别

无法回避一件事,那就是离开。无论我们曾经彼此多么亲密无间,总要走到一个公共路口殊途同归。尽管一路上,我们已经适应了各种离开,比如情侣分手,比如朋友反目,比如孩子远行等等,但没有一种离开能像死亡一样决绝。可是,总是要走,不管是谁为谁送行。

太多的欲罢不能把我们孤零零地扔在大海里,声音会被淹没,手势会被淹没,生命会被淹没,而在此之前,我们还没好好告别。所以,为什么不从现在开始呢,珍惜我们如影随形的爱和亲情。

别羡慕别人,那样你就上当了。虽然每个人的生活各有不同,但是内心感受不会有太大的分别,富得流油的人该得病也得病,该被人唾弃也没人含糊。表面好不等于真的好,别看广得看疗效!踏踏实实过日子,知足常乐。千万别逮谁跟谁比,因为这世上,没有谁的日子,是一直踩着红毯过的。

朋友圈的原生态

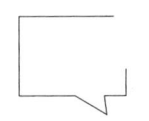

以前人与人打头碰脸，还握个手换个名片，现在这些客套都省了，直接摇着手机说，你微信多少，咱俩加一下。俩人一客气，彼此生活轨迹就都交代在屏幕上了。我常常遇到这样的场景，原本陌生，日后也没想熟悉，可微信活生生就把你们连接到了一起。这些人，你加微信就好好展示，还动不动就换名字换头像，散发着怪里怪气的信息，让你能弄不明白自己这是什么时候抽风加这么个人，连是谁都猜不出来。

有的人，虽然没什么联系，但碍于面子，总不能直接把人家删除，最腻味人的是常常有那些疑心重的，动不动还做点测试，看看你是不是已经把他拉黑了，人在江湖，别为了个微信遭恨，所以，我耐着性子，留着那些"活口"，每天目睹这些并不熟悉的人在我的手机里展示私生活。扒拉扒拉好几百人，如果仅仅是晒私生活，也还能容忍，毕竟家家过得都不一样，看看人家晚上吃什么还能给咱提个醒，回头也多个菜谱。就怕那些朋友圈创业的，打全人类睁着惺忪睡眼去洗漱，他就开始卖东西了，有来自穷乡僻壤的纯绿色食材，想吃肉，有黑山猪，想吃菜有农田，粮食都是新鲜的，果实都是香甜的，而且上的都是有机肥，从来就不喷农药。

你刚看完食材，来自海外的大牌衣服啊包啊婴儿用品啊护肤品啊，一波又一波，机场免税店都没这儿的图片全，每个图下面都是惊叹号，"人民币啊！"说得就跟买日用品也跟理财似的给利息。随着你大拇指不停往上推屏幕，卖玉镯子的，卖碧玺的又来了，净是慈禧当年戴的物件，人家都保真，不信你就自己去做珠宝鉴定，个个有证书，赶上颁奖典礼了。

我一天的开始，就是在朋友圈小商小贩们产品图片展里开始的。

上班路上这么点时间，你就消停点儿吧。堵会儿车的工夫，男的一般把手机对着车窗外，拍静止的车水马龙，女的可逮着能停车的工夫了，开始自拍，然后抱怨自己又胖了，或者憔悴了，其实哪张没美图秀秀过啊，真胖真丑有自知之明的从来没自拍的瘾！

朋友圈的原创时间随着上班就暂停了。你别以为忙碌的工作是阻碍发朋友圈的拦路虎，这个时间段儿转发开始了。在转发时候加上自己看法的，表示咱有脑子分析；没更新鲜感想发表的，会摘录一段人家原文里精彩的话；连摘录都懒得动手的，就直接转发。反正绝不能让这个时间段闲着，朋友圈的轨迹显示出了人间的沧桑，满屏都是活明白了的人。

晚上除了晒吃晒喝，就到了晒幸福时光的时候。有对象的晒对象，有孩子的必须大篇幅晒孩子，幸亏一条微信极限只能挂九张图。对于晒孩子这事，很多人反感也不敢言，因为这就暴露了自己没爱心。每个孩子都是父母的心头肉，而每个父母坚定地认为自己的孩子天下最美。要是朋友的孩子，我还真爱心大泛滥，可是，朋友圈里真有太多不算朋友的人了。人就是这样,当你跟他们的父母毫无感情,难看的孩子怎么看依然可爱不起来。而且有的父母晒娃的尺度特别大,发烧啊,去医院啊,实况转播是挺让人心疼的,可是验大便的实物为什么也要晒朋友圈呢,你觉得你孩子连屁屁都是香的,可是我不这么觉得啊!

睡前是思考人生,转发心灵鸡汤时间段儿。朋友圈的原生态作息就是这样,看看哪个群发红包碰碰运气,然后转发俩散发着人性光辉的鸡汤文儿,这一天才能告一段落。

我真恨我自己,碍于面子加那么多乱七八糟的人干吗!成天看那么多人过日子,操碎了心。

不照镜子,能忘了自己长嘛样

脸对于化妆师而言就是涂鸦的那面墙。我一看见她手里的睫毛夹心里开始哆嗦,回回都能夹住点肉,简直就跟拿订书器往眼皮上按似的。我本能往后躲,化妆师一把扣住我的天灵盖:"别动!"稀疏的睫毛做天真状,马上一根根扬起了头。然后她拿出四扇假睫毛,我开始恐慌:"您是要把我弄成洋娃娃吗?"化妆师平静地说:"都贴上眼皮,显得浓密。"瞬间,我的眼睛上竖起一片森林。

平时眨眼是感觉不到的,因为幅度轻盈,自打贴上四扇长睫毛,每睁一次眼仿佛发现一次新世界,这叫费劲。光有睫毛不行,又在我宽大的双眼皮里放了胶条,立刻有了"一条大河波浪宽"的效果。再画完眼影和眼线,我的心灵之窗仿佛俩黑窟窿,都找不着白眼球了。化妆师特别满意:"怎么样?"我说:"真有未来感。"

我闭着眼,忽然听旁边人说:"您能把她化得亲切点吗?"啪啦,我就把眼帘撩开了,镜子里一张咖啡脸,古天乐似的,比不化妆的时候能黑出不少色号。化妆师很随和一边说:"我本来想把她化得深沉点儿。那我化成轻松愉快型吧。"本以为我得洗把脸才能过渡到"轻松愉快"呢,刚要起身,她又一把扣住我的天灵盖"别动"。打开一盒胭脂,在我脸上这通抹,马上出现一双红脸巴,弄得我都羞涩了。我问:"太红了吧?"化妆师沉稳地迟疑了半分钟才回答:"别急,还得抹呢。"

由于我总出声音,化妆师最后主动问:"您有什么要求?"这时候提要求还有用吗,但我还是坚定地说:"您能把我化瘦点儿吗?"化妆师笑了:"当然能,给您多打阴影。"从圆脸变尖脸,合着就是使劲给轮廓外抹黑。当我起身,把眼睛凑到镜子前,跟满脸络腮胡子似的,打下巴就开始黑。我正嘀咕,化妆师说:"观众远,看不清哪对哪。"她闷头收拾东西,观众难道在她心里都瞎吗?

在电梯里,遇见个小伙子,一看我浓妆艳抹,特别懂事地说:"您是唱民歌的演员吧?"我当时都没想出来话接。

这么多年来,不停地有各种场合需要化妆,我也逐渐适应了角色要求。我几乎成了化妆师的代言人,一个人一个手法,我的模样也百转千回。我妈把我每次化完妆的照片得存一张,怕认不出来。前几天,我把洗脸之前的照片发在家人的微信群里,我妈居然问:"你发的这人长得跟演员似的,是出版社的吧?"

我人生第一次化妆是结婚那天,平时戴眼镜,化完妆一般就不让戴了,那天时间又特别紧张,化妆师描完最后一笔,我赶紧上车。等我走进饭馆的时候,看见我爸已经跟一些亲戚站在厅里聊天。我被催促着去换衣服,从我爸身边经过的时候,他侧头看了我一眼,跟旁边亲戚说:"赶今天这日子结婚的真不少,合着在这家饭馆里还有别人办喜事。"这都是亲爹妈吗?

从那时候开始,我就有思想准备了,只要化完妆,没什么人能认得出我。iPhone8都得扔。我不喜欢化妆,第一因为描眉打脸之后卸妆太难了,对于我这种平时往脸上撩点水就算美容的人,洗完一盆黑水,发现脸上居然还剩一层油,拿洗衣服肥皂都搓不下去;第二是因为我不会化妆,更没那些瓶瓶罐罐,估计不化还像个人,自己一上手,能让鬼都吓一跳。可是,往往事与愿违,总有些场合要求必须化妆。每天早晨得多照照镜子,记住自己最真实的那张脸。

把我吃了吧

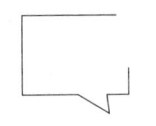

忽然发现身边的女人都开始做烘焙了,专业大烤箱,每每夜半发图都是新出炉的诱人点心,不像我,烤箱是买了,做了几次蛋挞越吃越恶心之后,我们家烤箱除了烤山芋就没干过别的。咱这吃烙饼的胃啊,真受不了奶油往上糊,打嗝都往外吐芝士。可是,王大硕愣是打中央台辞职了,报名进了烘焙学校跟一群天南地北要靠手艺吃饭的姑娘小伙子挤在一起两年,睡单调的上下铺,连洗澡都得坐好几站公共汽车去朋友家厕所享受热水去。这么艰苦,王大硕都扛下来了。我问她这么拼是为什么,她大声回答:"我就想自己吃!"

很多人都形容自己是吃货,比起王大硕境界太低,人家花好几万学费就为了学着对付自己这张嘴。她学有所成那天,在朋友圈里晒出了一套QQ表情饼干版,说这是送给她儿子的。我看完立刻打了电话过去,特意叮嘱她,以后千万不要给我做任何东西。可是,情义这东西像大海的潮水一样,有点儿风就起了浪。

忽然有一天,王大硕发给我一张图片,黑色烤箱的大铁盘上,一块一块圆饼干,关键在后面,饼干上画的都是我!一盘子的我,张张圆脸都翻过来跟我挤眉弄眼。你说要是卡通画也就罢了,还是素描!你说她要是半路出家绘画也就罢了,还是科班出身!画得那叫像啊，连眼镜框子上的小玫瑰花都画进去了。她在那边雀跃："怎么样，送你的礼物！热乎的。"我都能想象她穿着围裙戴着隔热手套的样子，我是无法面对我自己，就全是脸，大眼瞪小眼，一片。王大硕的心意，那是浓郁的，我们俩那么多年了，她也没送过我什么像样的东西，能费尽心思地烤盘饼干真不容易。可我是一口吃了呢，还是供着呢，吃吧，我还真下不去嘴，你说先咬脑门还是先咬脸巴？我皱着眉头，依然表示了我的感谢和赞美，夸她有创意："你拿嘛画的，我要吃了不会被毒死吧？"王大硕秒回："画你，用的可是齁贵的意大利食用色素。"真是下功夫了，合着手工饼干得一块一块做啊。

还没等我感动利索呢，隔天王大硕又发来一张图，我心里都有点哆嗦了。打开一看，烤盘上还是我，这回居然穿衣服了，是半身像！我跟个蒙娜丽莎赛的，以不同姿势端坐着，只是扭脸儿的角度都一样。我打算网上批点别针或者吸铁石，这哪是饼干啊，明明就是冰箱贴。

我就像集邮爱好者一样，把自己一个一个码放整齐，为了防止遭到人为破坏，还得在盒子上贴上纸条：别吃，有毒。

我觉得我丝毫没有表露自己不满的情绪。可是敏感的王大硕认准了我觉得她做得不好，再次发图的时候，我又变成了糖霜饼干，是一组漫画版，大红大绿那叫一个喜兴，我这么些年的漫画形象，什么提笼架鸟的，什么肩膀扛蜥蜴的，全在呢。这是做饼干吗，这简直就是浪费食材画画呢，可你画点山水多有境界，画我，让我如何面对自己？

饼干空运着就快递来了。一开盒子，那些个稻草，这是要孵小鸡啊！可是减震措施做得如此完美，我全碎了。大晚上，我改玩拼图了，拼不上的，我就干脆吃掉。我把现场发给王大硕，问她做饼干的意义在哪儿。她又秒回："意义就在你可以发朋友圈，显摆有人亲手给你做饼干。"我的心里，一下就挂满了糖霜。

好朋友常常出其不意地为你做一些匪夷所思的事，不是为感动你，就是为了证明有个像亲人一样的朋友记得你，哪怕她是在做饼干的时候。

家乡才是一种奢侈品

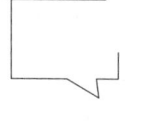

聊家乡，是一种有情怀的表现。在星光天地一楼的咖啡馆里，邓克拉抚摸着又长出几两肉而显得异常饱满的圆脸跟个地主婆似的说："我北京郊区还有八百平米宅基地呢。"有地！如今能特别牛气，甚至连我们这些朋友都跟着挺了挺一直罗锅着的背。我没地，但有一些有地的亲戚。我的老家在安国。说起来，跟楚国、燕国、赵国似的，特别大气蓬勃有历史感。这里盛产中药，也是自古中药交易地，"大宅门"他们家卖的中药都是打这儿进的。安国又称药都，县城有座药王庙，需要买门票进去，里面不大，供奉着孙思邈、李时珍等人，我去的时候，里面的香客大都是抱着好奇心进来看看的，匆匆转一圈出去了。真有心事儿求的，好像都在药王庙外面，一溜儿卦摊儿，倒也不贵，一屁股坐小马扎上聊聊命运也就十块钱左右。我是站着听完了三个年轻人的人生故事，仿佛未来全长脸上了，甚是有趣。跟那些上山采药的地方不同，这儿的药都是种出来的。田里常常有开着浓艳的花，一问，说是中药。我对药一点也不了解，门前屋后很多野草一样的东西，只要你开口问，那一定是中药。偶尔回去一趟，村里跟别墅区似的，就是墙上用特别规矩的字写着去哪儿治磕巴，去哪儿治癫痫，去哪儿治不孕不育以及如何提高网速等大标语，经常让我站在田间地头琢磨，这村里人得这些病的概率有那么高吗？而且一进村，尽管我开着4G依然没有网络，特别纯天然，让你除了看庄稼啥也甭想干。

我以前一年也就回去一次，但架不住身边有养生爱好者，成天催我回去刨地。在一个老么热的下午我开着车就走了，没开几公里打开空调，呼呼往里灌热风，印象里我每次去4S店做完保养都得二进宫，他们大概闲冷风多余，把氟都清干净了。一百二十迈带起的自然风这通往里灌啊，开到地儿跟被谁扇了一路嘴巴子似的。我指着红扑扑的脸蛋儿问乡亲们："有办法能给我去掉这个吗？"当即一个孩子就去拔草去了，看了吗，绿巨人这就要变形！

城里的闺蜜们个顶个都是养生爱好者，就因为给她们吃了一次我打沙土地里刨出的山芋，这些人就吃上瘾了，一看见我就问，显得特别缺嘴儿。我让乡亲们多种了点儿，放眼望去挺小一片，可是怎么挖出来那么多啊！我蹲在地上，三个十来岁的少年劳力一边拿手里的铁锹互相扬土一边挖，他们玩得很开心，我挖得浑身是汗。最后，一个少年拎着一只跟我手指头那么粗壮的肉虫子在我眼前晃，非让我伸手接着。他说："姑姑，这只虫子就是没打农药的证明。"我没尖叫，很冷静地把"证明"接过来，嗖一下扔回了田里。可是我的心啊，都哆嗦成一团了，但不能让孩子们看扁了。

为了直播我勤劳勇敢的美德，我举着手机还得自拍。然后到处扫听哪儿有Wi-Fi，后来乡亲们告诉我去村主任家墙根儿站着就行。我到的时候，专治磕巴的标语下已经站了人，我们彼此知彼地笑着点了一下头，那女孩心知肚明地说了句："12345678。"村主任把密码设置得太简单了，而且网速那叫一个快。我劳作的照片马上就被传遍了闺蜜圈儿。

后来我把山芋挨家挨户给那几个缺嘴的朋友送去，之后的一周她们在自己的朋友圈成天晒烤山芋，说打沙土里刨出来的就是甜啊。说着这样的话，又开始催促我回去挖山芋，因为霜降来了，沙土地里的山芋完成了它们的成熟期。那甜丝丝的绵软味道成了每个冬天的记忆。

忽然觉得，有老家是一种福气，那片泥土里生长出了植物，还长出了一种乡愁，它就潜藏在我们的胃里。

咱俩照个相呗

饥肠辘辘的时候,赵文雯端过来两盒炸臭豆腐,我们在人堆儿里坐下,一只手还得抓着屁股底下的塑料凳子,生怕好不容易占上的座被谁一挤再摔一跤。她吃得比我快,已经过渡到开始启动热干面的程序。我正低头含混地让她等会儿我,一边控制牙齿的力度,别把臭豆腐里的热油滋自己身上,使劲探着脖子的时候,我看见桌角方向一双高跟鞋停下来了,脚面的肉打鞋里都挤出来了。看着那玻璃丝袜子,我提醒自己,再吃慢点儿!

当我闷头快速把第五块臭豆腐往嘴里塞的时候,感觉有人捅我肩膀,那尖利程度是一根儿手指头。我抬起头,嘴还得就着小纸碗,只能挑着眉毛往上看,估计那会儿抬头纹都出来了。我以为那人等不及要占座呢,刚要给她挪出个地儿,"玻璃丝袜子"一把抓住我的肩膀,尖着声音:"哎呀,你是那谁吗?我特别喜欢你写的东西。"我急忙咽下正嚼半截的那口说"谢谢"。她举着手机开始拍我,各种角度,鉴于我满嘴是油,而且臭豆腐很快会凉,我还是把最后一块掖进了嘴里。可正在这个时候,"玻璃丝袜子"说:"咱能照个相吗?"旁边的赵文雯跟个看西洋景的人似的,满脸坏笑,她说:"我帮你们照吧。""玻璃丝袜子"晃了一下手机:"不用,我们可以自拍。"

我抓过桌上赵文雯擦过嘴和手的纸继续擦了擦我的,赶紧站起来准备好笑容。"玻璃丝袜子"举着手机找角度，我和她的脸在屏幕里移动着，我才看清楚她长什么样。可算咔嚓了好几张，我道谢坐下吃面，"玻璃丝袜子"则站在一旁不紧不慢地说："我这些年只爱看你写的东西，你把历史都写透了，你说你怎么懂那么多呢？"我差点把舌头给咬了，赵文雯在一边笑啊。"玻璃丝袜子"又举起相机，我听见来自上方一个声音："刚才我照得不太好，咱俩再重来一张，换个位置，我发现我脸是暗的。"然后她就站在了光源方，我尴尬地配合着又笑了半分钟。

后来我遇见一个在江湖上小有名气的人，说有一次参加活动，提前在一个面馆吃碗牛肉面。正吃着半截，就听见有人说："你说是那谁吗？是那谁吗？"然后一女的就尖叫着一掌拍在她桌子上："你们名人也在这吃饭！我可爱看你的东西了。机会太难得，咱俩照个相吧。"大概太兴奋，声音大到全饭馆的人都往这看。朋友觉得尴尬，对粉丝小声说咱先吃饭吧。在她继续往嘴里填牛肉的时候，听见后面骂骂咧咧，之后一句很清晰："还真拿自己当腕儿，告你说，这要遇见的是范冰冰马上就得起来跟咱照。"

有一天看金星的一档节目，说起她有回晚上忙完工作饿了在门口馄饨铺吃碗馄饨，刚吃几口就有个人把她认出来，要求照个相，她配合完坐下继续吃，那人并不走，而是在旁边围观加点评，比如说，你饭量还真不小，你能吃得了吗等等。最后要求互留微信号，金星不干了，那人也开始骂骂咧咧觉得不加微信就是耍大牌。

跟她们比起来，我很庆幸，除了把我认错当个名人，尴尬的时候并不多。但是，我也想不明白，日常生活里，这种绑架式照相的乐趣在哪呢？人与人之间难道不应该互相尊重吗？还是随时配合拍照才算是一种彼此尊重？

齐天大圣嘛也没穿

每个人都有"人性的弱点",我看不了转的东西,所以一路过有儿童转椅的地方我就赶紧得把自己眼睛给捂起来。我的这一举动刺激了胖艳,她半躺在副驾驶上,一边抚摸胸前鸡油黄大吊坠儿,一边嘲笑我的平衡能力。我还真无从辩驳,因为一进游乐场,那些上下翻飞的椅子真能让我看吐。但胖艳,人奔半百,依然让我特别服,她用特别不经意的语气说上个月刚去山里蹦极。

人怎么能活得那么意气风发呢?胖艳对这种颠三倒四的极限运动由衷热爱,落差特别高的跳楼机只要你愿意给她花钱,她能在上面待住了。人生的大起大落,她拿大胖身子轻盈化解。因为我从语言到表情明确表达了我对她的崇拜,她拉长了音儿说:"我……给你讲讲我上次蹦极吧。"搁一般人,我要是听也是出于礼貌,但胖艳拿自己砸挂,那就跟一个明星突然附在你耳边要揭秘她跟谁有一腿似的,必须调整坐姿把整个身体凑上前,听!

在一个山涧里,胖艳带着一帮中年人挑战极限,她特别牛气地跟我说:"我是第一个跳下去的。"虽然大多数人没蹦过极,但是咱都是看过蹦极的人。胖艳穿了一身迷彩,跟女八路似的站在了半山腰,猎猎的山风吹乱了她的头发,她顺势一扬头,打口袋里掏出个吃火锅赠的猴皮筋给自己梳了个鬏鬏。工作人员帮她把安全绳固定在身上，然后又给她根儿绳子，让拴腰上。胖艳手里掂量着绳子，还抓住一头当鞭子抽了抽，嗖嗖的。她问工作人员这单根儿绳子是干什么用的，对方没理他。那地方的服务让她至今说起来还恨恨的。

她把绳子很随意地系在腰间，为了不勒自己的肉，绳子松松垮垮当啷着。一切穿戴整齐后，胖艳心如止水地在众人瞩目下纵身一跃，这示范做得如同一位丰满的跳水皇后。胖艳说："我掉下去那一刻，你猜怎么着！跟掉鼓风机里赛的，风打腰里吹进来，我衣服全开了。"我雀跃着还没来得及尖叫，胖艳接着说："我才知道那根儿绳子是干吗的。太讨厌了，那人也不告诉我一声。风吹得我肉疼。而且！我下去之后，就被绳子正着拽上去了⋯⋯"我的大脑立刻跟上了她描述的节奏，展开丰富想象。

人到中年的胖艳大头儿朝下落入山涧，但瞬间，跟齐天大圣一样手搭凉棚嗖一下又冒上来了，观众们鼓掌惊呼，但同时，风从四面八方冲撞进她的迷彩服。"露哪儿了？"我问。她说："我哪知道，反正全身凉飕飕的，手都没捂住。"我调整了一下坐姿，往后仰了一下，开始给她描述我脑海里的场景：胖艳再次倒栽葱落入凡间，风像刀子一样，把能划开的地方全给划开了。这时候，车里同行的闺蜜突然插嘴"裤衩还在吗"，我赶紧接："这时候，胖艳一把抓过糊脸上的布条，但硅胶打手里滑走了。再次跃起的胖艳如同被压了五百年的齐天大圣，翻着跟头还没穿嘛。"

胖艳自己听得都乐了,问我:"那我最后身上总得剩点儿啥吧。"我说:"就剩了一个小辫绳儿。"大家鼓掌,在脑子里让胖艳又跳了一次山涧。

　　我们在生活的平行线上,卖弄着自己的表情,有人愁眉不展,有人表情呆滞,有人就像胖艳一样,可以扔掉年龄扔掉世俗依然活得那么意气风发,面对无数大起大落她都不怕,她可以笑着给你讲起自己的糗事,原谅你把露出来的水桶腰描述成浪里白条。其实,当你不怕,当你不去在乎,貌似再难的事,到最后也不过是个笑话。

蹲大狱的检查书

一个朋友半夜打电话，让我帮她孩子润色个东西，我大包大揽地说："告诉我题目，我写几篇都行，肯定都满分作文。"朋友立刻打断了我的骄傲："检查！他自己已经写了一份了，怕不深刻让你看看。"一个十岁的孩子能犯什么大错啊？我脑子里都是拿书包抽老师脸的电影情节，可是这位妈妈说自己孩子没打架，是因为考分在班里平均分之下了。老师让每人写一份检查，谁深刻给谁往上撩几分。为了少拉集体的后腿，孩子到家就开始挖掘灵魂深处。

我活了这么多年，还真没写过检查这种文体，这该算公文写作范畴吧？我的心里，就跟煮过火的一锅片儿汤似的，那个难受啊。朋友很快把孩子工工整整写的深刻检查发来了，还列了序号，并写了今后如何痛改前非需要履行的实际行动。一点儿没夸张，我是眼含热泪看完的，做错了几道题，那深刻悔改的程度就跟判了好几年大狱似的。

我真挠头了，因为实在没写过这个，一动笔怕给孩子惹祸，只好大半夜又把我认识的一位曾经当过班主任的朋友揪起来，虽然辞职半年了，好歹让她看看自己行业内什么样的检查才合格。前班主任睡得迷迷糊糊，看完检查立刻醒盹了："让孩子不用再深刻了，再深刻这辈子都翻不了身了。"随后的半小时,我们谈的都是去外国上学得花多少钱,挨个国家算账。

忽然发现,我们生活得太需要彼此安慰了。

有个神奇的东西叫家校通,一个月两块钱。除了有作业信息,最主要是有你孩子的成绩,班里最高分有谁,拉后腿有几个,然后让家长自己领悟你孩子在集体中的分量。老师们特别爱说的一句话就是"希望家长配合",可是配合啥呢?写检查的时候润色得更深刻一些?

我使劲想自己上学那会儿是怎么熬过来的。也不知道那会儿的老师是负责还是不负责,通信也不发达,干什么都靠"带信儿",让犯错的孩子给自己家长"带信儿",那能带得到吗?反正我从来不干这种傻事,所有考试卷子都是我自己签字,"阅"这个字儿写得帅极了。上学就是上学,一人做事一人当,梁山好汉似的。直到有一天老师说:"你家长要再不来,你也别来了。"我还挺高兴,干脆就不上学了。背着书包按点儿走,到点儿回,中间时间优哉游哉地闲逛。最后,老师找我们家去了,才东窗事发,即便那样,也没写过检查,让我背了一课课文,就被催促接着上学了。

现在的老师也挺辛苦,都是为学生好,想让孩子们能够"长点儿记性",在作业本上要一遍又一遍地抄写。我见过一天作业能抄进去半个本儿的,而且训练得孩子特别自觉,发现有错直接把作业撕了重写,我问为什么啊,太心疼他们的工夫了,孩子说:"老师在学校就这样。"

我们一直说，上个好学校不如遇到个好老师，真是这样。在孩子心里，家长是弱势群体，老师是强势。有一次，我问一个孩子，学校教会了你什么，他说："学校教会了我服从。"当时我还开玩笑说："敢情你从小上的军校啊。"其实心里非常不是滋味。

每一个独特的自己，每一个幼小生命都散发着珍贵的光芒，只是这光线太微弱了。市场需要的是 LED 灯。

电影里都是骗人的

在我的认知里，一切国产电影都不值得花钱看。所以，虽然我总去电影院，但屏幕里的人都说英语！自己花钱看国产片，特别不甘心，但架不住身边人总问"那个电影你看了吗"，所以手机里一查《夏洛特烦恼》真便宜，才九块九一张票，晚上带着孩子就奔电影院了。

观众都是特别好的观众，跟托儿似的，主人公一出场就开始有人笑，我赶紧也摆好了自己看小品的心态，准备随时哈哈。一群老得需要拿厚粉底打好多遍才能遮住褶子的人，穿着校服重返孩提时代，还得演打架和搞对象。你看着别扭吧，别扭就是咱要的喜剧效果。我在黑暗里忽然特别怀念周星驰。

我旁边的女的，那小脸儿被屏幕照得特别亮，动不动就夸张地笑，同时还要拍着大腿说："我去，这个大傻逼。"屏幕里叫傻春儿的壮汉就在那憨憨地笑。确实电影院里频繁发出骂大街似的赞美，以及前仰后合的动静，可是我的心在空旷的笑声里特别矫情地忧伤。

我在什么地方笑的没记住，倒是记得我还真掉了几滴眼泪，大概在茴香面的桥段吧，隐藏在我们内心的很多秘密很多不为人知的回忆，就撒在那一碗面里。我哭得稀里哗啦，因为我在电影外边，多寡淡多浓稠的时光都再也回不去了，回不去了！

当我把眼泪打脸上一把划拉干净，心里想，让人哭比让人笑容易多了。

电影散场，我和土土跟着人溜儿往外走，后面一哥们大声说："这电影里一群大傻逼，就为了说明还是老婆好。"我回头，他使劲搂了搂旁边那女的，这姐姐毫无娇羞之意，骂了个脏字，然后用大花指甲抓了抓头皮："也就电影这么演，哪个爷们儿不惦记着美女。"俩人从我身边挤过去，电影票被他们团成团随手扔在地上。

我问还戴着红领巾的儿子感觉如何？晚上十点半，他眼睛发亮，眨巴了几下对我说："电影多好看啊！"我都听出由衷赞叹了。如果当小品看，确实挺找乐儿的，但在孩子心里能好成这样，我很意外，于是赶紧追问。

商场显得异常冷清，裸露在外面的货架子都蒙着布，特别肃穆。可是孩子清脆的小嗓门就那么打破了大空间的萧瑟："电影真好，里面的人上课能随便捣乱，太爽了！"我这心啊，瞬间就凉到底儿。

我还没缓过劲儿，他又开始发表意见："那么差的学生，学校都要开除他了，他妈妈找校长，打开窗户一喊抓流氓，校长居然不开除她儿子还能让她儿子像领操员一样给全校做报告。"这发自内心由衷的赞叹是特别服这位母亲呢，还是特别服校长呢？我立刻把手放在他的肩头，语重心长地说："儿子，你没那魄力在班上捣乱，我更没魄力跑校长室推开窗户抓乱头发，咱都是规矩人，不能把自己日子过成广大人民群众的笑料。"他点了点头，问我："妈妈，女神一样长得特别好看的女生以后是不是不能找？幸亏我们班女生长得一个比一个难看。"儿子，你想得太多了！

生活这场戏里满是悲喜交集式的铺垫，剧情拖沓，把时光演得不知不觉，像根儿针似的，轻飘飘掉地上也没什么动静，但它就能在你不注意的时候扎你一下，吓你一跳。

带着ta去有诗的远方

假期对于玩儿心大的人来讲就是奢侈品,打老早就盼着、计划着。我们从自己熟悉的城市出发,去那个能让距离产生美的地方。

旅行的方式很多种,单身的人一般都喜欢穷游,带着不多的钱胸怀天下。这样的方式我几乎没采取过,我喜欢就算一个人也得过得舒舒服服的,住个五星酒店什么的,当然了想是这么想,自己花钱我从来没这么烧包过。后来有了孩子,几乎去哪儿都拉家带口,带足了钱让自己看上去不像逃难的。

当人心大爱越来越蔓延的时候,很多人选择在假期开车出行,不是不想坐飞机,是想带着自己的宠物,让它们出行有尊严不受罪,八千里路云和月上,你常常能看见车窗里探出一张狗脸。

我身边朋友出游有带着狗的,有抱着猫的,也有架着鸟的。我们的车里,带着大蜥蜴!虽然是冷血动物,但是也有颗勇闯天涯的心,一路都能东张西望,带着副可算能出远门的表情。一般到了地方,猫啊狗啊身形矫健往下跳。我们家蜥蜴得慢慢往外爬,跟个半身不遂的老大爷似的,大家都得拉着门等它。

都说旅行就是从自己呆腻味的地方出发,去看看别人呆腻味的地方,因为出去玩是得自己花钱的,所以你也不可能疯起来没够,在那么短的时间里很难腻味一个地方，腻味一个人倒很有可能。我走得越远，耗的时间越长，越觉得还是自己的城市好，好在哪儿呢，大概是生活习惯或者内心的护犊子，哪怕平时积攒的种种不满，只要一离开，怎么咂摸怎么想家。哲学家说了，出发是为了更好地回来。

连我妈这种一辈子把艰苦朴素勤俭持家当美德的老年妇女，每次去完汇率高的国家，数学乘除法速算水平显著提高。回到亲爱的祖国，立刻用疯狂购物拉动GDP来体现她对祖国母亲的爱，当然了，她是看不上什么奢侈品的，比的都是超市里的油盐酱醋的价格，"咱这生活水平太便宜了"，念叨着这句感慨，我妈能把一俩月吃不了用不完的东西都买来。在外国憋着花不出去的钱，一气儿全花在支援祖国经济建设上。

趁着年轻还走得动多去些地方，这是我妈的名言，于是旅行就像集邮一样，上瘾。但是我认识的朋友里，真有活了四十来年就守着自己城市不动地儿的，而且这人还是一男的。我问他："你为啥深爱着这片土地？难道就因为你的根在这里？"他说："哪儿不一样，电视里都能看见，跑那么远又花钱又麻烦。在家吃点儿，门口遛遛，多睡会儿觉，蛮好！"瞧这知足的样子，跟城市代言人似的。

走或不走，远方或者故土，在一个假期成为3D图画，各自美好着各自的不同。那些诗和远方哪怕只是待在电视里，依然会牵扯着心的想象。

铁骨铮铮的女人

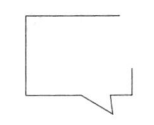

我妈是个铁骨铮铮的女人。我妈在我的心目中如同青铜雕像一般,永远都是振臂高呼状,风及时地吹起她的头发,以显示一个女人在岁月中的不屈和力量。

晚上我还没下班,儿子土土电话已经打进来了,说外婆把手烫了。我赶紧往家奔,我妈一边看电视一边俩手抓着冻鸡腿,地下塑料盆里还有血水儿。作为儿女赶紧嘘寒问暖,她一甩头,眼睛都没离开电视:"盛面汤,盆边大概蹭了油,一滑差点掉地上,我给接住了,汤洒手里了。"听着云淡风轻,不就洒点面汤吗,可是手又红又肿离开冰就不行。我说去医院,我妈说:"去什么医院,到那也没治,看会儿电视就好了。"要不病房里现在都安电视了呢,合着治病用的。

咱家里冰箱从来没有冻点儿冰块的习惯,压根就不是那种特别太洋气的家庭,就连去个快餐店要个可乐也必须提醒服务员"不加冰"!家里放冰块的地方早就让我摆上冻饺子了。所以我妈只能拿冻鸡腿给自己的手保鲜。

电视里在放农业致富的节目,满屏幕黑乎乎的蛤蟆在蹦,她特别热衷提高创业节目收视率,看看别人家孩子怎么发家的,然后给我们励志。俩鸡腿儿快让我妈捂熟了之后,我又拿出了一袋排骨,当冰块用!争取把饺子留到最后。家里的毛巾全都蘸水,然后往冷冻室扔。一直到深夜，地上摆满了解冻的大鱼大肉，电视里歌舞升平，看着跟要过三十儿似的。

我妈很自豪地张着俩手在我们眼前晃："也就是我，手上皮厚，要是别人那嫩手早完了。"我们赶紧点头，满脸的心服口服。我妈愣是以自己的钢铁之躯扛过了一场烫伤，转天手掌上很多涨起来的水泡。

手刚好，忽然一天，我妈进家门就撩裤腿儿，我赶紧问："是摔着了吗？"她一屁股坐沙发里，弓起的膝盖两块擦伤，都露红肉了。经过了多少年的外科家庭急救训练，土土迅速打床上拎起一个荞麦皮枕头就给扔微波炉里了，他说，必须热敷！在枕头快到再微波就得自焚的温度，土土拿棍子给它挑出来，在我妈裤子外边一裹问："热乎吗？"我妈铁骨铮铮的劲头儿又来了，骄傲地说："地上突然来个坡儿，我脚还没落地儿，身子先到地儿了。也就是我，骨头没事，换别人腿早断了。"我们集体蹲在纱布旁边，使劲点头，心里那个后怕啊！

还有一次，早晨听见我妈在厨房里"哎哟"。这动静有点不对，她的一惊一乍平时表现在看恐怖片上，那叫声比情节提前，特别给影片出效果，可厨房里也没电视啊。我开门一看，我妈拎把菜刀正看烧饼："我打算烧饼夹牛肉的，可切烧饼劲用大了，血掉烧饼上了，你们还能吃吗？"我都不敢看了，这简直就成鲁迅作品了。

我妈把一管牙膏都挤在伤口上，这次必须去医院缝针了，车限号,我叫专车,我妈从容地用小拇指挑起自行车钥匙:"没几步,你骑车驮我去。"到医院,医生说看一眼伤口,我下意识扫了一眼纱布,立刻觉得天旋地转,晕倒的瞬间听见大夫问:"你们俩到底谁是病人?"我妈怎么缝的针我不知道,因为我一直躺在外科病床上等虚脱的劲儿过去。

什么女汉子女强人这些形容词到我妈这儿得主动不好意思,我妈就是罩着我们的一片天,让那些磕磕碰碰也不要打扰她吧,有她在的家才是个团圆的家。

唯有亲妈才干得出来那些事

亲妈以直率闻名。昨天还没下班,我妈的头像就在手机里震动,我一开口,听见她喊:"怎么是你啊,我打的110。"这太吓人了。一问才知道我弟的孩子放学打不开门,然后奶奶就踩着五彩祥云到了,正找110要开锁公司电话。

可是这事似乎又不归开锁公司管,因为门锁都拧开了,但门推不开。咱也不懂个咒语什么的,只能靠膀子的力量硬撞,一个年近八十的老太太拼意念尚可,拼体力唯有去物业。据说物业来了一位年轻的大爷,也就六十来岁,靠身形能揣摩出打上中学就比较女气,俩手指头捏着张物业维修登记纸,推门的动作跟擦门似的,看得我妈这着急。公寓里住户多,且都各自不来往,估计都没互相抬眼看过。虽然面临的是这种局面,我妈依然挨家挨户敲门,问:"家里有男的吗?"尽管是个老太太,但这个问题还是让开门的人充满警觉。一共敲了五户门,三家重重关上了,一家假装没人,第五户终于出来一个小伙子。我妈问:"麻烦您能帮我把门撞开吗?我劲儿太小了。"

小伙子是个善良的人。跟着我妈到防盗门前,一按门把,稍微把门提起来一推,门就开了。我妈千恩万谢,进屋给我打电话:"你看看我多能干！"

作为亲妈，在她爱做饭的时候总是特别严厉地督促我："菜剩那么多，你们是嫌我做得不好吗？不吃我做的饭是么，伺候你们还不如当个保姆呢……"你在这个时候是坚决不能出声音的，哪怕呼吸加重都不行，她会认为你故意跟她抵抗。怎么办？默默地把所有饭菜吃光，以实际行动证明这饭菜水平真高。老人跟孩子一样，必须鼓励，嘴笨的不知道怎么夸，使劲吃就行。她宁愿自己一筷子不动，吃咸菜都行，只要自己做的孩子们爱吃。

后来赶上一个朋友从北京看我。这朋友胖点儿，胃口也比较好。加上我妈为了显示自己的手艺，把绝学都亮出来了，香形色味哪都不差。朋友真是敞开心扉了，吃了一碗又一碗，三碗米饭，一盘子香辣虾和一盆水煮鱼，几乎她都吃完了。我提心吊胆的不是朋友的饭量，谁也不会跑别人家饭桌前自杀，我担心的是我妈，她都不吃饭了，用余光看着那朋友的筷子，估计这辈子都没见过这么能吃的女的。

当朋友终于放下一切，满意地微笑着望向我妈："阿姨您做的菜真好吃。"我妈捋了一下头发，沉吟了一下说："我说话你可别不爱听，我真不是嫌你吃得多，你要爱吃，我还能再做。我就是觉得你太胖了，你有男朋友吗？"天空上全是大霹雳！

朋友实诚地摇了摇头，我妈接着说："你看。还是得先减肥。这么吃肯定胖，不让你吃，饿得又难受。我认识一个医生，能做手术把胃缝上一块儿,这样装东西就少了,你就能瘦下来。"空气都凝固了,我赶紧打圆场,生怕那胖朋友一生气再把吃进去的全吐桌子上。其实,我妈还真是拿她当自己孩子才那么说,并且直接去咨询缝胃的大夫了。

打那以后,这北京朋友很少跟我联系了。不过看她的朋友圈,肯定没把胃缝上。

只有亲妈才能干出来的事有很多,比如吃酸奶的时候,她会提醒你:"把盖儿撕下来舔舔,还有你儿子那罐,也舔干净。"你正在厕所刷手机,突然灯被关上了,外面的声音:"进去半天了,你肠子再掉出来,外边有椅子,你坐马桶上有什么美的?"你要是晚上不吃饭,她说:"不吃饭身体能好吗?做完不吃等着倒?"你要是吃得多了,她说:"看你最近胖的,再不节食就别满处抛头露面了。"

每一个亲妈都是天使。她们用掉了毛的大翅膀在使劲呵护你,那些生命里自然升腾起的亲密感,让你接受了所有不拘一格的示爱。爱法奇葩,唯有亲妈。

请别绑架我的情怀，咱还是谈谈钱

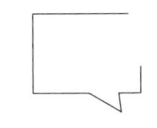

去参加一个互联网的会，演讲人穿着黑T恤往台中间一站，晃了几下，眼望远方，这就要开口了。自从有了乔布斯，理工男上台一般都这副打扮。他清了清嗓子，好像清完更哑了。他说:"我的同事说今天来的都是作家、媒体人，让我多谈谈情怀，但是我还是想先谈谈钱。"这时候，在他背后巨大屏幕上黑底红字一个很大的"钱"字。台下按捺着情怀的文化人纷纷掏出手机对着屏幕拍照，生怕这个瞬间消失，生怕"钱"字没了。我就是因为掏手机慢了，眼睁睁看着"钱"消失。

有些人羞于谈钱，尤其有着浓郁情怀的人。前几天，一位大姐跟我说她几十年迎来送往很多外地来津的人，帮着联系场地媒体忙前忙后，利用的都是自己的公休日，有时候最后还得让儿子开车帮着把客人送火车站或机场，图嘛呢？她说:"就落了个'你是好人'。"当"好人"这个词往你脑袋上一压，一桌人吃饭能僵持着轮流去厕所，不带有人结账的，你替别人办事还得替人买单，这就很让人不舒服。守着情怀过日子，就跟守陵人赛的，要不得喧哗，自己默默祭扫，你不愿意，都没处说去，因为过来过去的人都觉得你高尚。

我特别怵头碍于面子的饭局，没熟到直接翻脸拒绝，就只能逼着自己出席。场面几乎是只要对方不说话，饭桌上就是尴尬的。无论饿与不饿,其实打坐下那一刻已然没了胃口,然后你还得若有所思地看着对方,频频点头或甩几声赞叹,得把面子给中间人。最近的一个饭局就是有人要投资电影了,而且"钱不是问题,就缺好故事",这句烂话骗子都学会了。说实话,那些一小盅这个一小盅那个的菜品味道都差不多,为了少吐骨头,我守着一团青菜,嚼两口举一次茶杯,把植物纤维送下去。这顿饭后,我的微信里就会不停被问:"故事呢?故事呢?"他每问一次,我就想,为嘛不提钱呢?还是碍于认识中间人,给了他两个故事梗概,然后微信里就不停地开始说:"故事通过了,大家都很喜欢。剧本呢?剧本呢?"还赞美我是个有情怀的人。我说,我就是吃了情怀的亏,然后直接把此人拉黑。

你觉得出书是件有情怀的事儿吧。通过各种渠道要书的,让我觉得自己的东西特别畅销,而且还有一个朋友的朋友问我:"你自己出那么多书,得花多少钱啊?"我闲得难受啊!

每一个出书的作者,都不会遇到特别仗义的出版社白给你书,作者一样要花钱买。我常常特别不好意思地问出版社发行"能买点儿便宜书吗",对方不厌其烦地提醒我:"看网站有什么优惠活动!"书作为礼物往外给,特别有面子,但是送的量太大,也撑不住。但当半生不熟的人跟你说:"你怎么也得送我一本吧,我就耐(天津方言,爱)看你写的。"对于口头点赞的人能不给吗,不能,不给显得咱太小气。于是,点赞的人特别敞亮地对她的朋友说:"回头让她给你签一本，书摆她家里蹽不出去也占地方。"大家哈哈一笑。我那心啊，烂了！

情怀，让你提钱觉得特别不好意思。有外地书店邀请我去做公益活动，老远的地方，怀揣情怀你能对人家有要求吗？坚决不能，所以该开车就开车，能自己吃饭绝不让人家花钱，可是，奔波了两个城市以后，书店的人看我太实诚掏心掏肺地跟我说，这是地产商做的，不请娱乐明星因为太贵，文化人都有情怀不好意思提钱，能省大笔宣传费。我听完，默默地看着他说："是不是从来没嘉宾跟你们提钱啊？"他："呵呵。"我特别讨厌这种动静。

后来我的一闺蜜醍醐灌顶，就差薅我脖领子了："您能把情怀废了吗，您能别视金钱如粪土吗？您能认为自己的时间和精力值点儿钱吗？"

女司机太仗义了

身边萝莉脸爷们儿心的女子真多。我刚在朋友圈说在北京有个会，立刻手机就响了，问我在哪条路上。作为一个准路盲，我哪说得清楚，在那默默地嗑牙花子。女萝莉尖着嗓子在电话里嚷嚷："你导航一下，查查自己被卖到哪儿了。"我截了图发给她。然后安心坐在贴有我名字的白色沙发里跷起了二郎腿，VIP嘉宾必须得这个范儿，等豪车接！

热火朝天的会历经三个小时到了尾声。我开始问我的司机："人呢？怎么还不来接驾。"女萝莉回，挪不动，路上全堵得严严实实，要不你打车找我？这句话简直如雷轰顶啊，我更大声地开始嗑牙花子，跟个得了老年牙周炎的病人赛的。这时候，近千人的会场已经散得差不多了，打扫卫生的大姐开始扫地，为了不给人家挡道儿，我一个箭步蹿上了舞台，站正中间！忽然感受到了被观众抛弃的艺术家的落寞，大灯挨个还给关了。我要是被锁屋里，还得翻窗户。正想着何去何从，女萝莉让我安心等待。可算吃了定心丸。

我在会场外的大水泥台子上一屁股坐下去，还真凉快，跟垫了薄荷叶似的。我东张西望，生怕碰见个熟人，咱刚才还人五人六儿地在嘉宾席聊文学和互联网思维，现在抱着包如同盲流坐水泥台子上左顾右盼，融入生活太快，我自己内心都怪不好意思的。

等啊等啊，天可就擦黑了。我不停地翻看火车票的信息，想问问她天黑之前还见得了面吗？这时候女萝莉来电话了，说发现一个饭馆离我很近，让我导航走过去。确实不能在这有艺术气氛的大厂房里待着，哪都是大铁管子，机械版华容道，在里面这个转悠啊，导航里那女的不说话，我只能看见个人就跟在别人后面走，总能有个人把我给带出去。

等我到了马路上，那些车全在车道上排着，红灯绿灯都不带动的。导航说话了吓我一跳。我先往左走，没几步，那女的就说："前方二百米请调头。"人行道那是能随意到大路口转悠的吗？我立刻就往右走。没到二百米呢，那女的说："目的地已到，本次导航结束。"跟挂电话似的，你想再问点嘛，人家不理会了。可是哪有目的地啊！

当我以自己为圆心，抻着脖子找目的地的时候，视线越过停满了车道的汽车，发现饭馆在我对面，要不让我调头呢。作为VIP嘉宾，在天色还没全暗的时候抱着包跨护栏实在怕被朝阳群众举报。所以还是老老实实地往更远的地方走，上天桥下天桥，逛游了十分钟回到饭馆门口继续张望。

女萝莉终于到了。没地方停车，我去央求饭馆保安，但女萝莉一把拽过我："咱车就放这儿，罚款、拖走，随便。接你的司机必须硬气！"我在心里想，幸亏车不是我的啊。

饭后我强烈要求女萝莉把我送到最近的地铁站，我把火车票买好了。女萝莉说："我一个钟的道开了一个半小时为什么？就为了亲自送你去火车站。"人家都这么说了，你还废什么话强调地铁有准点儿啊。

送站的路程在导航里显示出深红色，女萝莉指着地图告诉我哪在堵车，然后一脚油就开下去了。哪绿，她朝哪开，也不管能不能到南站。用她的话说："咱得躲过这段儿。"大概躲得有点儿远，导航都凌乱了，在一个桥上指导我们转了三圈。到第四圈的时候女萝莉急了，把手机从架子上抽出来，拿左手攥着。我说："你能不一边举着手机对比一边开吗？"她说："我近视，看不清屏幕，不能再走错了。"可近视为嘛不戴眼镜呢！我觉得豪车应该给副驾驶多配几条安全带。我发现地上画着个自行车，赶紧提醒她："你开的是自行车道吧！"她说："甭管嘛道，我前面那车就是打这开过去的。"

在转晕的时候，女萝莉把车停在立交桥上，不远处有个胳膊上文着大老虎的大哥，我说我去问问道儿，女萝莉抓着我的胳膊："我把窗户开开，你跟他喊，别下去，万一是流氓呢？"我就那么扯着嗓门在晚上九点多的北京的桥上跟一个"流氓"喊话。

最后眼瞅着路标就到了南站，可是还找不到。我都慌了往哪走呢，女萝莉果断地说："这边！"车给油就提速。哪有指示牌？女萝莉说："你看地下！"机动车道上写着"南站"俩字。认字真好。

最后八点四十的车票，我十点到的北京南站。女司机，真是太仗义了。

心上都是大彩页

高闺蜜说打算周游世界,而且还不跟旅行社,嫌俗。我问她,你会说人家那儿的话吗,就自己出去闯,回头你的亲人连个寻人启事都看不明白,没办法搞大营救。她白了我一眼:"会说话有嘛用?我不费那事儿,我靠眉目传情打天下。"要挤眉弄眼管用,全世界还设立什么雅思考试啊。

出国的准备很烦琐,高闺蜜把瑜伽都给停了,那种把硬身子活活练成软面条的运动她都练了好几年了。再去她家,她靠在墙根儿居然在修行马步蹲裆,俩腿弓着,双拳握于腰间。这是要扬我国威啊,我把鞋蹬掉,盘腿儿上沙发,揪盘子里的葡萄往嘴里扔。捎带脚把手机计时器按开,看看她能坚持多长时间。"大姐,你是要去国外比武吗?"高闺蜜立如松:"必须练好站马步,要不去国外怎么上厕所!"我嗖的一下,不吃葡萄倒吐葡萄皮了。

因为有梦想在,高闺蜜饿得特别快,看出来走心思了。在她两眼一抹黑出国前,我打算请她吃顿饱饭,所以很直接选了自助餐。顶门到的,离起床时间有点儿近,我打算先喝点什么聊一会儿,但高闺蜜提醒我:"有一个实验说,先在一个瓶子里装满小石块,然后还能装下细沙,最后看似满了,却还能装下半瓶水。这个实验告诉我们,吃自助餐一定不能先喝饮料。"这是吃饭呢,还是填坑呢?

给她上馒头!

旅行书就是个陷阱,高闺蜜就是因为看了太多,所以心花怒放,看那些"一生中必须去的"多少个地方眼热。毕竟一翻开,没一个地方咱去过,有的甚至没听说过,显得咱活着特别没有情怀,特别憋屈,都是人生,为嘛人家看见的是大峡谷,咱看见的是假山?高闺蜜跟赌气似的,暂停工作,玩去!

一个人做不好一件事并不可怕,可怕的是做不好还非常倔强。搁一般人,你要打算出国就得先准备签证吧,高闺蜜说得准备个相机。我打算把我不用的单反踹给她,但高闺蜜嫌太落后,照片拍完都不能直接传手机上发朋友圈。你说又不是战地记者,用得着那么即时报道吗?可是,高闺蜜旅行就是要从全世界路过,不让她拍照,就跟把手机里的美图秀秀给卸载了一样歹毒。我狠狠心对她说,用我那两万多的单反吧。她嫌太沉,跟举着铁疙瘩似的,显不出女人的品位。我赶紧说,那还是买莱卡吧。她嫌贵,又说滤镜太少。我就纳闷了,为嘛不能用手机呢,就那么点儿智商,还不省着使。

自打高闺蜜有了周游世界的梦想,QQ 群里一有动静哪怕她在洗澡,也能迅速甩甩手上的水秒回,且得告别呢。她觉得自己品位与价值与日俱增,那一颗丰满而丰富的心哦,上面全是大彩页。

很多人喜欢出国,晒美食晒蓝天晒如何逍遥,从没见过谁晒长途飞行后一按一个坑的浮肿的腿,也没见谁晒自己到处找方便面的窘境。远处才美,蒙的就是高闺蜜这类人,出去旅游,外面玩一趟,非说自己去寻找初心，寻找内心的宁静。初心啊，宁静啊，这些美好的词儿就跟黄花闺女似的，被一群闲人霸占、糟蹋。外边跑一圈儿，人生能不能丰富还打着问号，钱得花不少。睡几宿觉再把看见的都忘了。

占便宜必须长记性

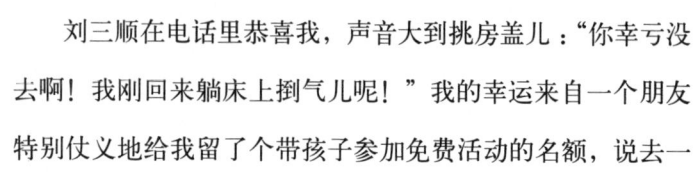

刘三顺在电话里恭喜我，声音大到挑房盖儿："你幸亏没去啊！我刚回来躺床上捯气儿呢！"我的幸运来自一个朋友特别仗义地给我留了个带孩子参加免费活动的名额，说去一大品牌的奶场参观，完事还一人给箱奶。因为这是件占大便宜的事，所以这个朋友小心谨慎地打电话联系，然后微信通知，生怕声音大了被别人抢去。可是刚巧那天我临时有事，就把这个美差复述给了刘三顺，通报了时间地点，其余一点都没添油加醋。她很高兴，因为反正孩子周末在家也没事，正好去看看怎么挤牛奶。

通知的是八点集合，她带着孩子七点四十五就到了，站了十五分钟，车真准时。娘俩当时恍然大悟，原来让八点到是为了等着！她们找了个不晕车的位置，开始给我发微信，都半个多钟头了，我就问了一句"到哪儿了"，明显捅了马蜂窝："还等人呢！谁叫咱参加的是免费活动呢，压根没人说几点发车。"车里全是孩子们咀嚼零食的声音，跟熊猫吃竹子似的，让本来不饿的人在干等中也开始咽吐沫了，扛不住的干脆下车去买煎饼果子了，把孩子和包扔在车上占座。幸亏我们打小训练有素，知道定了时间就没有准点儿的时候，耗个一俩小时跟玩儿似的，尤其参加的还是免费活动，坐着人家的空调车，只要把空调开着，车动不动，不着急！所以，愣没人闹，大家找到了野餐的感觉。

刘三顺好歹也是自己开公司的人，严格惯了，哪见过定了八点，九点都不见动换的阵势，最主要她们包里只带了一塑料杯水，不知道未来还要耗多长时间，宝贵水源只能你一盖儿我一盖，得抿着，跟喝茅台似的。

刘三顺连个玩具都没给孩子带，逼得孩子只能在座位上扭，平均每十下得站起来把贴屁股上的裤子往外揪一下。然后看明白每个小朋友们吃的什么零食，给自己励志："他们吃的都是垃圾。"

车可算动了。原本以为去草原呢，其实就是郊区。我还使劲问："看见牛了吗？"刘三顺说："有水！"实际情况是，真的有一只假牛，是个模型。在模型前，大人孩子一字排开，说要进行一场挤奶比赛，赢的有奖。参加免费活动，大家就是奔奖来的呀。牛早就被灌了一肚子水，两组孩子蹲在牛肚子底下，跟真事儿似的使出吃奶的劲儿，挤！一组家长看见自己孩子力气明显跟不上，干脆一个箭步冲上去，蹲那一起使劲。毫无悬念，有大人参与的组赢了。你觉得，这么丢人现眼的事都干了，怎么也得给一箱奶吧？一人一小瓶，那量也就是小孩三四口，大人一口就完事。

刘三顺开始在楼道里徘徊，看这意思是要强制消费吧！

跟参加了个旅行项目似的，背着包这通厂区里遛，大汗淋漓还不管水。在她思想斗争的阶段，又有了答题环节，让抢答。怎么这一车人就那么配合呢，还真开动脑筋，把跟奶有关的事全抖搂出来了。大家都赢得了一人一口的奶量。

最后,主办方让大家晒照片发朋友圈,谁积的赞多能给件奶品牌的老头衫。就为这衣服,大家纷纷举出手机,一位胖大哥居然报出了五十六这个令人瞩目的数字。

刘三顺依旧愤愤不平地恭喜我没参加免费活动。她喝了两口奶,浪费了一上午时间。教训啊!必须长记性了。

你有多大闲工夫

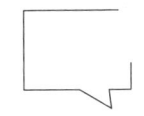

打十字绣流行那会儿我就开始好奇,怎么每个人都有那么多闲工夫呢?全跟心灵手巧的老太太似的,昔时如金见缝插针把时间都积攒着在布上作画,一针一针也不怕花眼,什么事没有都得做出一副"临行密密缝"的姿态。至今,我们家门框上还挂着一幅字,纯黑的底儿,大绿字,上书"明镜高悬",我妈不让扔,说是闺蜜亲手纳的。我们家又没升堂的仪式,还得庆幸人家没用白线,也不知道闺蜜是不是色盲,哪有用大黑布料的。

后来我的朋友也加入民间艺术家行列,今天送我个靠背垫,明天送我俩枕头套,那都是自己一针一针绣上去的,光鸳鸯身上那些渐变颜色的线就够让我发疯的。我特别不理解,有大把的闲工夫看点书听听音乐,最起码睡上一觉也行啊。又没红军急着上前线,点灯熬夜地创作,就为过过纳鞋底子的瘾,然后把自己中意的作品大方地送给四邻八方。绣点儿生活里能用得上的还好,为啥有人对绣牌匾感兴趣呢,这简直成了我的心病。

好不容易十字绣的劲儿过去了,不甘寂寞的民间艺术家齐刷刷拿起了画笔,全奔数字油画去了,一星期内,我收到两幅凡·高的作品,一张是星空一张是向日葵,别说,画得跟印上去的似的。我眼睛在我们家墙上狠狠扫了好几个来回,连电视都被我挂墙上了,实在没留白的地方,总不能把电视啊空调啊全摘下来,换上去凡·高?

艺术的脚步迈出去就停不下来。涂色书又来了。

那些没事就坐在座位里转脖子、叉着腰使劲拿脑袋画米字声称自己有严重颈椎病的同事,忽然有一天消停了,甚至连淘宝都不看了。他们开始不言不语地掏出本书,又拿出一盒子彩色铅笔,在那涂颜色。下班了,我问:"你们怎么都不走呢?"一女同事连头都没抬:"我得再画二十分钟。"日光灯在她头上惨白地亮着,这同事别得自闭症了吧?可是,身边这样的同事逐渐多了起来,沉默地用各种颜色涂着瞎疙瘩,你以为只有女同事这样吗?不!男同事掏出画笔的大有人在。女同事用的是四十八色的彩铅笔,男同事走过来说:"我买的是七十二色的。"女同事用的是水溶笔,据说蘸点儿水一抹,能有水彩的效果。男同事探脖子说:"我这是油溶的,蘸水一抹是油画效果。"

我有一次按捺不住八卦的心情,走到一个正在闷头给叶子上颜色的男同事旁边轻轻拿指甲盖敲了下桌子:"你是有喜欢的男朋友了吗?"那男的立刻不画了,问我为什么这么问。我说我觉得一个四十来岁的男中年忽然爱上彩色铅笔能说明的,也就是有男朋友了。他哈哈大笑。可他越这样,我越觉得我猜对了!

涂色书,外国来的,听说还能治病,也能做心理分析。我特别怀疑,出版社在购买版权的时候听明白了吗,是能治病还是能添病啊？我记得小时候实在闲得难受把小人书全涂成彩色的，现在这书不就这意思吗？不同的是线条多得能得密集恐惧症，那书翻开我就得赶紧合上，我怕多看几眼我再疯了。我的男同事非说画这个能降血压，倒没说能治糖尿病。治病的没看见，倒是有得强迫症的，只要一笔下去，这张画必须全填上色，差一点儿都不睡觉，你说这劲头要用在工作上，早就 CEO 了吧。

涂色书，救活了多少彩色铅笔厂，而且因为涌现的艺术家太多，每周彩色铅笔的价格都在涨，还有人为了追求艺术效果去日本买笔。通过身边人不分男女全去抢购彩色铅笔这事，我预计，要送我画的人不在少数，因为他们的作品踹不出去就成了心病。可是，他们怎么能有那么大的闲工夫呢！

撕了奥数一样的日子

你做过奥数题吗？拿过来我就开始犯蒙，几乎是打小培养阴谋论思维模式，训练多了，一道多简单的题摆你面前，你都会觉得到处埋伏着陷阱，绝不能直接给出答案。有的人过日子，生生就能把一天一天过得像解奥数题。

复杂、仪式感，你拿钱来吧。渴了，我说得喝水，身边的朋友说："您怎么能喝水呢，怎么也得喝茶。"我拿出杯子，往里捏茶叶，朋友说："您喝的是文化，怎么能没仪式感呢，给您讲讲我上的饮茶培训班吧。"本来只是喝水那么简单的事，文化感一代入，我觉得自己都得换衣服。朋友肯定了我的感觉，因为他上的饮茶培训班，三天五千八必须穿布衣，你以为自己有钱报名就能参加，当然不，必须得往期学员推荐。我当时就说，这得哪找那么多脑子进水的人？可看完照片，我闭嘴了，期期满员，那是喝茶培训班吗，跟出家培训班似的。据说有的大姐喝完一杯茶就开始流泪，觉得找到归宿了。喝的是迷魂药吧？

那朋友本着一颗慈悲的心自己花了五千八，他说想看看人家是怎么忽悠的。上课确实高端，老师不说普通话，操一口台湾腔，教沏茶倒水。一个茶杯卖四百九十八，有的学员一买就是十个，一位女企业家参加了两期，感觉自己终于脱离了郊区身份，买了一柜子的茶叶茶具。这模式跟高端太极班似的,你练太极拳也就去个公园,或者武馆吧,高价值人群可看不上这些,人家老师带着去名山大川,在瀑布下面,在古松旁边,在悬崖底下练。

有的人试图把自己的生活变得复杂。但有另一批小众人士在不断地提醒你"极简主义"。理念很简单:沟通上,与人交流要直截了当,清楚明白;精简信息来源,只浏览与自己有关的信息;弄明白自己想要什么,只买真正需要的东西;一生只追求一种精神活动,然后把它做到极致;感情上,不滥情不矫情不藕断丝连,一生只爱一个人;工作中,分清重缓急,不拖延,不堆积,专注做好最重要的事;绿色健康慢生活,给自己一点空间,对无聊的应酬说"不"。

上面这些条非常简单,对照一下,我们能做到吗?还是我们习惯性地走上了一条解奥数题的路。

极简大师扔了个问题:"你的某个员工有体臭,其他员工都向你抱怨这件事情,你该怎么做?"看到这句我就开始反胃,我脑子里填的是,怎么这么腻味人呢碰上这样的同事,直接指出来人家尴尬,他自己鼻子也灵不会闻不见,咱不能歧视病人,要不我换个工作?解决办法最后绕到我把自己开了。

那极简大师是怎么解决的呢?他说,大多时候我们都在寻找复杂的解决办法。这简直就是在说我。接下来他说:"简单的解决办法是把有狐臭的人叫到一起,告诉他们问题所在,要求他们想办法努力解决这个问题。"简单粗暴,倒是最佳的方法。

在介绍水平思维解决问题的办法时,大师又抛出一个问题。新的公司总部落成,可员工抱怨电梯太慢。我估计老外上班也总是掐点儿,不然哪那么多抱怨呢?公司的人就去问建筑师,得到答复是重新改造电梯系统得需要几个月时间。这么耗费时间和钱的事老板不能干,于是开始想办法。

如果是你会有什么妙招呢?大师给的结论是,不改造电梯,在每层电梯旁边安装了很大一面镜子,这样员工在等电梯的时候就能照照自己的衣着,也能从镜子里观察彼此。估计要是再放点舞曲,电梯干脆自己空转了。

极简主义到底是啥?就是告诉你生活的答案原本应该特别简单,不要费那么多时间绕圈子。你要的到底是喝口水,还是买一柜子昂贵的茶具茶叶?

大大咧咧是好性格

受"创业,任何时候都不晚"的鼓舞,刘三顺在工作之余开了家店,门脸儿不大,但屋里太深邃了,因为面积太大还没有窗户,房顶子上又排满了射灯,光束打下来,环境显得倍儿神秘。而且为了增加艺术气息,她在墙上挂了好多非洲木刻的那种大长脸,在店里待会儿我觉得自己都瘦了。半棵大树劈开刷上清漆就是高级桌子,实在没事干趴桌子上数年轮都能数上二十分钟;喝茶有喝茶的家伙,这边煮上水,那边还得点上香。我都怕在她店里坐着坐着,刘三顺再变成一只狐狸。

认识刘三顺这么多年,我一直以为她是个大大咧咧的女人,现在才发现靠体型判断一个人是错误的。自从开了这个店,刘三顺再也不穿以前那些冲锋服了,改为上面大布袍子下面绣花布鞋,走起路来都扭扭捏捏,虽然有着水桶腰,但是看背影那也是曼妙的,看前脸儿,那也是有气质的,人家连拢头发的卡子都变成了跟筷子一样的雕花簪子。

刘三顺就一个人,为了找个看夜的,她领来了一只金毛。那狗心地非常善良,在它眼里就没坏人,拿陌生人都当亲人那么招呼。别说夜里了,有一次大白天刘三顺出门忘了锁门,有个来送货的小伙子给她打电话,说已经跟狗玩了半小时了,问她在哪儿。

狗的成长期比人快，虽然说是小狗才一岁多，但那体型已经不一般了。人家也不愿意从早到晚地看非洲木头的大长脸，出去玩的心愿越发强烈。刘三顺已经不给狗保安发工资了，所以只要狗提出玩的要求她一般都答应。

前几天，刘三顺一看天色已晚，这马上就到凌晨了，沐浴更衣上床睡觉，可是狗保安不愿意，又是扒床单又是呜呜叫，刘三顺以为它要出去上厕所，所以顺手抓了钥匙就出来了。出门后狗保安在草里东闻西闻，瞬间嘴里叼出个东西就跑过来了。刘三顺就着手机光线那么一看，好么，是小猫，毛发里还往外爬虱子。这事如果是我，我就会赶紧让狗撒嘴把猫放了。可是架不住刘三顺的心地比狗还善良，她马上打电话联系一个同样有爱心的大姐，人家大姐睡得迷迷糊糊估计也就听明白她一会儿到，所以披上衣服在客厅里等。这边刘三顺已经把一猫一狗放进车里，披头散发地出发了。

到了大姐家，她咣当咣当一砸门，全小区的狗全叫了。主人赶紧开门，刘三顺很不见外语气急促地说："给我拿二百块钱！"要不是因为平时很熟悉，谁都以为流氓进屋了。困得瘾瘾症症的女主人赶紧掏了二百块钱，然后接过一个破纸盒子，还没打开，猫脑袋突然打里面伸出来。刘三顺你是潘多拉吗？

当刘三顺跟黑风怪一样拿了二百块钱迅速开出小区，女主人一头钻进浴室，开始给猫一个一个择虱子，而此时，时针已经指向了十二点半。

不一会儿,刘三顺气喘吁吁的声音打微信里传来,我问她到没到家,怎么开车跟拉纤似的。她说送猫的时候发现车没油了,所以找人家借了二百块钱打算顺路加油,但车开出来没多远,一滴油都没了,车嘀嘀报警,死活不动了。一般人说车没油,代表油表指针到了红线之外,但剩下的油怎么也够开个十来公里。人家刘三顺说没有,真能开到干碗儿。太实心眼儿了!凌晨将近一点,我问她在哪儿,我可以开车过去。她喘着粗气的声音在我耳边放大十倍:"你别管了,我就快推到加油站了!豆豆(狗的名字)负责把着方向盘呢!"

这得算无证驾驶吧?大半夜,一只狗"开着车"到了加油站,旁边还有个疯疯癫癫披头散发满身大汗的中年妇女。善良,让人和狗都充满了勇气。

只有吃,才能让我冷静

很多书都说具有"治愈系"功能,深入人的心灵,看完特管事儿,多糟烂的情绪蘸两页就跟把泡腾片扔水里似的,噼里啪啦一堆泡冒上来,心病能好。其实呢,"治愈系"就是那些泡儿,除了虚张声势,啥用没有。后来我想明白了,想管用必须得真材实料,古人有"何以解忧,唯有杜康",抛开广告嫌疑,就是要告诉后人,吃吃喝喝才能让自己心情愉悦。

前几天,出了档事儿,弄得我心烦意乱,为了让自己冷静,我开始了食疗!

中午,陈完美推荐了麻辣小龙虾。虽然这东西普及率已经到了臭遍街的程度,但她执意说,那是她吃到的最美味的小龙虾。我问她一顿吃几只,她把斜挎的包往后一甩:"我自己就能吃一盆!"这饭量像形容猪的。在那样一种情形下,我却很动容。一个成天穿得跟民国丫鬟似的中国古典文化代言人能这么形容自己,那是何等情怀。我当即决定,咱俩必须点两盆!

我的心情,是看见小龙虾那一刻豁然开朗的。量太大了,一个钢种盆,红辣椒似的小龙虾个个罗锅,弯腰谦卑地扎在花椒粒里。我刚要感慨,又上来一钢种盆,半盆油荡漾了一会儿才平静,据说这盆不辣。你以为这两盆就结束了吗?错!才是刚刚开始。陈完美

BU ZHUANG

你感受到的压力,有时候是来自自己不甘于现状的恐慌。努力和上进,不是为了做给别人看,是为了不辜负自己,不辜负此生。

伪装

孩子需要"被看见",不是"被赞美"。

BU ZHUANG

知世故而不世故，处江湖而远江湖，才是真正的成熟。

当我们出发，我们在努力跟自己相处；当我们行走，我们在努力跟世界相处。

BU ZHUANG

对活得有趣的人来说，生活是不断破墙而出的过程；对无趣的人来说，生活是在为自己筑起一道道的围墙。

伪装

改变的秘密,是把所有的精力放在建造新的东西,而非与过去抗衡。我们要学会在变化中成长。

BU ZHUANG

很多事情，说过之后的一段时间没有去做，后面就更不可能去做了。

伪装

好好听爱的人说话，才是最大的温柔。

又点了一盆酱排骨，一大碗土豆泥，以及一盆蘸酱吃的乱七八糟青菜。食材太扎实了，这饭馆怎么就不能买点儿盘子呢？

服务员给了塑料手套，那意思你就别自己把手下油锅了。可是陈完美一把挡住了我要去拿手套的手："别用那个，影响动作。"桌上摆的到底是假肢还是手套？

在此之前，我是没吃过这东西的，嫌麻烦。可是，今天不是为了吃，是为了让自己安静！也不用推杯换盏了，她直接把一盆辣的端到我的眼前，再把不辣的一盆拽到自己那儿，俩人跟要洗脸似的，先把手伸进盆里搅和。实在太多了，还没吃，我就有点儿含糊。陈完美已经娴熟地掰脑袋了，还同时安慰我："别看多，就跟嗑瓜子一样，一会儿就都剩皮了，你一边吃一边冷静吧。"

我看着她，需要学一个吃进嘴的全过程。很快就看明白了，掰脑袋，嘎巴一声，溅出的汁呈点状糊住了我的眼镜片。我刚要拿餐巾纸，陈完美再次制止我："吃这个必须戴眼镜，你知道这辣汁要跟眼药似的被滋进眼睛里多难受吗？"我使劲眨巴着眼睛，表示我的赞同。拿指甲抠住小龙虾的身体，一使劲，咔吧，皮上溅出的汁滋了我一脖子。当然了，因为我脖子短，胸口上也是红色油点儿，跟T恤衫上起了一层痱子赛的。

服务员跑过来递上两个空盆，让我们放皮用，时间恰到好处。真跟嗑瓜子似的，彼此无言，全是嘎巴、咔吧的声音。我确实越来越冷静了，尽管心里火烧火燎，尽管眼镜基本变成了毛玻璃，尽管

T恤衫由痱子变成出疹子,一想到已经这样了,干脆好好吃一顿吧,内心可敞亮了!

当我把两盆皮和其他吃得差不多的容器拍了张照片发朋友圈后,很快就有人问:"这是俩女的饭量吗?"我刚要骄傲地回复"是",陈完美噌地站起来,一手拿着塑料袋审视能给家里的狗带点什么一边说:"你回复这是四个女的吃的!"我按着手机,听她抱怨:"也不说给金毛留点儿,就剩黄瓜了。"

食疗的效果是强大的,我都没心思想别的了。分手的时候,我心满意足地跟陈完美说:"只有吃,才能让自己冷静。"

遍地是钱，看你猫不猫腰

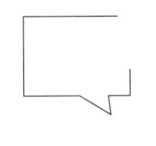

火车上，我举着票，咣当一下把沉重的肉身砸进椅子里，像做一道填空题，我就是正确答案，严丝合缝。一会儿来了一位男士，我蜷腿侧身让他把旁边的留白填上。怎么那么爱聊天呢，他人还没坐利索，就问："您去哪儿？"我说北京。他眼睛看着我，脸上都是戏："带伞了吗？"我大惊："带了啊。"他马上接话："哎哟，是那把龙猫的吧！"我眼珠子都快瞪出来了，正琢磨哪来的龙猫伞呢。他转过脸去："我上车了，那挂了啊。"合着不是跟我说话！那你不跟我说话，看着我干吗啊！

男的一把拽下耳机："您是干什么工作的？"我没理，他又侧过身子同样的话又问一遍。我抻着脖子瞎摸哪有空座："媒体的。"他倍儿积极地回答："我也是国企的。"居然耳朵还背！就是这么个听什么只能听个大概其的主儿，特别爱聊天。而且他自己耳背，觉得我也听不见，每句话都跟喊似的，弄得附近的人都往我们这看。

我安静地刷着屏幕，耳背男忽然问："你的公号？"声音又大又突然，简直就像一声断喝，吓得我差点把手机扔了。我赶紧从自己公号后台退出来，他不会把密码都记着了吧，怎么遇到这么个男的呢？我脑海还在倒叙是否泄漏密码细节，他那边抒发上感情了："我也做个公号，有十万多粉丝。现在打开率越来越低了，可找我广告合作的越来越多。"全车厢都听见了。"你们单位的号？"我问。他喊道："我自己的，我做了个育儿号。妈妈们生完孩子就没智商了，孩子哭留言问我，拉个肚子吃什么药也问我。"我特意提高了声音："你靠回答问题挣钱？"他喊："搞团购啊！"理直气壮就像搞传销。

临分别，他还提醒我："你得接广告！"这一路，像创业演讲，一车厢还没注册个什么号的人估计回去都自媒体创业去了，都愿意当风口的猪，恨不能把自己吹钱垛上。

其实每天平台上都有商务合作的留言，我从来没在意过。这一路有个人在你耳边喊，就算消停了，可脑子里直嗡嗡，什么叫余韵徐歇，这就是！重复回旋着"接广告"几个大字。

我视金钱如粪土的精神，连陌生耳背君都看不下去了，自己得深刻反思。听人劝吃饱饭，我当即就在后台留了微信。那些发小广告的，真敬业，第一时间就给我发链接，直接报价。我点开第一个，基本就一屏，一张大枣解剖图，旁边是卖多少钱，买多能优惠。我问，能重新写文案吗，目前太不符合我的审美。对方很痛快，说不能！我也很坚决，几千块钱不要了，反正后面还有小广告。

后面这个文案做得不错，上来先说我们青春里错过的那些爱情，音乐啊图片啊，配得恰到好处。再往下看，突然蹦出一个妖精。就是一般你开网页的时候手一欠不知道打开了什么链接，出来个穿得特别少，伸着大白胳膊的尖下巴少女，你眨眼的工夫，一条大白腿也能露出来的场面。图太抢眼，以至于我都没看文字，定睛一看，已经从爱情的失意过渡到"没了爱情,但不能让身材瘪下去,这款丰胸产品是我用过之后效果最明显的",我的心啊,这一切是怎么转折过来的?

图片上一位网红脸女人的中段儿,从地平线到喜马拉雅,还配的是动图,完全达到了吹气球的效果。作为女人,我倒是没起什么色心,居然还深深表示"够意思"。

胸好,事业就好。但这女的长得实在太膈应人了,一看就是给红灯区代言的。我问对方:"照片能换吗?"答复是:"文字您能删能改,题可以换,但照片不能变,捧的就是她。"靠一个丰胸广告,能捧出什么明星?拿我当央视了。再瞧出那点儿钱,这明星也得砸手里。

丰胸的刚拒绝完,又来了一个卖茶叶的。我不得不问了一句:"您看过我公号里都写什么吗?"对方说:"我们按排名查的,帮我们发广告就行。"业务员大无畏的精神值得我学习,简直仿佛看见遍地是钱。

说实话,我也有点动摇。

别跟我提钱，一提就焦虑

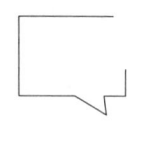

这几天总被问"你买几套房了"，就像一闷棍，在我眉飞色舞谈着美国文学和欧洲文学写作风格有什么区别的时候，立刻进入自卑状态，低下头，再摇摇头，然后听对面说："那谁买两套房，人家有一千多万在那摆着，工作就是玩。"还没过几小时，又遇到一个很久不见的朋友："你现在住哪儿了？你在别处买房了吗？你怎么不再买几套房啊？"半天内，一闷棍接着一闷棍，我忽然就悲哀起来，原来读书多了，就为了在风口上等着喝西北风。

一边忍着穷，一边还得摆出一副视金钱如粪土的气节，这内心真焦灼。身边人开始用财富论给我洗脑，在我拉开包在里面想翻张纸记录一下的时候，对方啪地扔过来一个本，"日本的，纸笔都给你，好好记！"那半小时，我对面的人跟财神似的，她动嘴，我仿佛看见天上往下一摞一摞扔钱，简直都快把她埋住了。别看人家一直在说，在她停顿下来的时候却把我的杯子推了一下，"你喝口水"，我还真听渴了，因为我始终做惊讶状喝风，听得入迷，像在做一场白日梦，只不过主角是别人。

话题是这样结束的："想挣钱吗？""想！""做直播去吧。""哦。"我看的第一个直播是熟人做的，本着学习的态度，进去就看见她端着一碗面条在那呼噜呼噜吃,边吃边说话,因为嘴里都是东西还得嚼并没有听明白她在说什么,可是下面群众的对话框闪来闪去,像飘过的弹幕一样,有的问:"面条劲道吗?看颜色有点咸吧?"还有的说:"你的碗挺精致的哪买的?"还有干脆互相聊上家长里短了。平时这朋友跟我吃饭的时候都没见她跟梁山好汉似的做派,在网上直播,一点不顾及自己形象,无论喝汤还是吧唧嘴,动静那叫大。我等了会儿,以为她会说点儿有价值的日常积累,可是她忽然对着屏幕说:"哎哟,我得去趟厕所,你们先聊着啊。"面前就剩了只空碗。

我赶紧打过去电话问,你今天晚上主要讲啥啊?她说:"直播吃面啊。我一会儿还得喝酸奶呢。"我心开始狂跳:"这有什么意义啊?这就能挣钱?"那边哗啦水声:"学着点儿吧,你!点点人数,看看礼物。"我挂了电话,看见屏幕上显示的参与直播人数已经一万两千多人了,而且数字还在不停被刷新,礼物我看不懂,据说那些小图标都代表钱。

再次被洗脑是一个饭馆的女服务员,始终闷头刷手机,我结完账问她看什么网剧呢?她头都没抬:"看直播呢,学化妆。"我扫了一眼,手机里那闺女不知是哪个村的,远没这小服务员好看,美颜效果跟打殡仪馆出来似的,满脸惨白。我问这直播一般多长时间啊?她说:"一下午随时打开随时能看见。"这什么脸能画半天啊,画皮!我又问,你给她送礼物吗?她终于抬头了,笑着说:"送啊,送啊,经常送大游艇。"我赶紧出饭馆了。

到家我儿子举着手机跑过来:"妈妈,给你看个新鲜的。直播写作业!"一个孩子在写卷子,弹幕上飘过很多赞。"这不跟我们作业一样嘛,你多写几页,我们顶你。"之后就是满屏幕开始飞过零花钱。

如果花钱看这些,好歹有点儿人物,但一块黑屏也有十几万的人在线观看我就不明白了,在黑幕上,大家互相聊:"你看见嘛了?""我嘛也没看见。""刚才好像有点儿动静。""哪动了?"这得多无聊的人半夜不睡觉,一起看一个黑屏讨论啊?

人们看似平静的表面下开始越来越焦虑,因为急功近利的机会不等人。从书架上再次抽出毛姆的《月亮和六便士》,可此时的窗外却一片漆黑。

从文学到闲扯,我只服大河北

几乎"雄安"成了整个"河北省"的代称。

自从买了去往石家庄的火车票,我手机里满是各界吃不着葡萄非认为葡萄甜的群众提问:"你是去买房吗?""给你宅基地吗?""能转户口吗?""这回有钱了!"哎哟喂,还能不能聊点儿文学了?

半道火车大喇叭里通知前方电线上挂东西了,所以全线停电,火车只能等来电才能开。幸亏我不是去抢房子,要不这电瓶车得把人急出毛病。我斜前方的大哥对列车员喊:"我老婆在医院快生孩子了!"列车员淡定地回答:"那也得等来电!"

我只是去跟河北省作协签约,作家也得京津冀一体化不是?我就是那个被派出体现一体化的。

一坐上出租车,司机聊的全是房价,我想扯开话题,问路边的花是什么品种,司机说:"你们那边儿限购了吗?"房子,成功给全国人民洗脑。

到了省军区对面的迎宾馆,我这侧开不了门。"这边怎么打不开?"司机迟疑了一下:"您那边只能上不能下。"我纹丝不动:"你给我开一下门。"司机看了我一眼,没动。我说:"门把我衣服别里头了,我根本动不了!"他这才赶紧下车给我拉门。我都担心我甩外边的衣服是扫着一路地过来的。

酒店办入住,每张房卡得交一百块钱押金。我一摸口袋,咱只带了二百块钱现金。被分配跟我一屋的人望着我:"你有钱吗?我出来的时候把钱都给孩子撂下了。没以为到这儿还得花钱。"居然还有比我意志坚定的。

我再次伸向自己口袋,捏了捏那张钱,掏出来展开,递上去。从此,身无分文。

别人问我食堂的饭怎么样,我点头:"还行,还行。"不行能怎么样呢,就得饿着,起码在餐厅吃饭不花钱。

晚上约好去河北新闻频道做节目。同屋大姐问:"那么晚,你确定安全吗?如果节目完了半小时之内你不回来,我就报警。"比我妈对我都上心。为了报答她的好意,我凝重地说:"如果我回不来,您一定想着把房卡押金退了!"

河北广播电视台新闻频道的主持人晨露满嘴燎泡地来了,打坐那就不停咳嗽。我对着她一杯一杯喝水,好像我喝了她就能好点儿。在她办公室闲聊,她压根不提节目,这一个半小时好歹得跟嘉宾沟通一下吧,看在马上世界读书日的面子上,聊聊书?她说,不聊这个!

那聊嘛呢?她说:"闲扯。"这大方向指引的尺度真大,我一下就对河北新闻肃然起敬了。

全媒体直播间很大,因为进惯了动物园的大笼子和玻璃罩,所以对里面很熟悉。进去之前就被收走了手机、水杯。往话筒前一座，"闲扯"的状态立刻来了。晨露把操作台上的红色按钮往上一推："注意点自己形象啊，摄像头在前面。好，开始——"

从头到尾都是闲白儿的节目您看过吗？晨露为了我这是豁出去了。也不知道她以前的节目什么样。但是自打我开口说话，已经全然是相声的路子了，俩女的互相砸挂，捧哏逗哏井然有序，一个半小时后台都炸开锅了，全是互动的。

时间过得太快，白话一晚上也没觉得饿。据新闻台领导说，那天节目的收听收视互动率翻番，排名直接奔前面去了。而我兴奋劲没过就赶紧往回跑，舞会散了的灰姑娘嘛样，我嘛样。人家是怕马车变南瓜，我是怕我们屋大姐真报警。好在，午夜一点前到酒店了，我们屋的房门大开，大姐闷头正睡，她为什么就不关门呢？这个问题想得我都失眠了。

我的那些母爱的反义词是『作业』

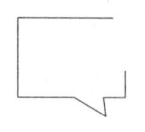

网上流传着一个段子：不写作业时母慈子孝，一写作业就鸡飞狗跳，鸟嗷喊叫，连骂带教，让邻居不能睡觉。赵文雯经常说，要能赶上一个爱学习的孩子，简直就是修来的福。天生爱学习，这人得多怪啊？因为我认识到了这一点，所以家里鸡飞狗跳的时候并不多，赵文雯家可不这样。

孩子放学到家，人刚跳进沙发里，这位妈妈就把切好的水果端到孩子面前了，另一边温水倒上，含情脉脉嘘寒问暖。问十句，孩子最多搭理两句，其中还是用"嗯"回答的。就跟自言自语似的赵文雯看孩子不吃水果，就得上手喂，人家嘴里嚼着，她还得表扬着，怎么看自己孩子怎么耐人（天津方言，可人），中国父母是近十年才学着去鼓励教育的，悟性高一学就会。赵文雯能举着自己孩子的脚在湿漉漉的袜子上亲："看我们这脚丫子，多爱运动。"我心话儿，这就是双汗脚，不运动也出汗啊。可在赵文雯眼里，这都得点赞。

你别看孩子们在写"关爱"的作文时吭哧半天写不出件整事儿，总是东编西抄地凑字，这要是让父母写，都能上"感动中国"节目。逆来顺受忍气吞声，只要孩子高兴怎么都行，为了孩子，什么脸面甚至生命都可抛却。

有个孩子问我，你知道母爱的反义词是什么吗？我脑子转了半天还是摇了摇头,她得意地说:"母爱的反义词是作业!"

作业简直能让剧情大逆转。就拿赵文雯家来说,没写作业的时候,嘴里"宝儿"啊那么叫着,左脸亲完亲右脸,好吃好喝伺候着,只要作业一拿出来。气氛立刻变了。闻湿袜子的妈妈立刻变巫婆:"怎么那么磨蹭!""这么简单都不会,别人上课你干吗去了?"我听见赵文雯劈着嗓子在屋里喊:"快坐直了!别磨蹭。再玩给我滚出去!"我这心开始狂跳,她摔门而出。我赶紧上去,把她儿子没喝完的水送到她手里:"你能别精神分裂吗?上一秒跟下一秒情绪反差太大,你演戏呢?"赵文雯一把将脑门上的头发都揪到头顶,耸着鼻子压低声音:"每天到写作业的时候我都得深呼吸努力克制,告诉自己得耐心,孩子还小。可是架不住他激你的火,问他懂了吗,说懂了,可为什么错呢?他说什么都不懂。到底懂还是不懂,上学干吗去了?"

只要一到"写作业"时间,赵文雯家立刻进入战斗模式,两口子轮流进屋陪孩子。妈妈这边除了拍桌子,她把计算器、铅笔盒、手机等等能砸的砸了一轮,但因为财迷,只敢往床上扔,孩子愣了一下之后根本没被吓住,反倒看那些东西在床上蹦乐得哈哈大笑。爸爸进去就严肃地掏心掏肺,从自己童年时光聊起,顺便谈谈人生理想,让他明白好好学习是为自己不是为祖国,绕一大圈告诉孩子"写作业别磨磨蹭蹭"。而孩子在一边,要么趴着写,要么跪着写,要么抠着橡皮写,要么转着笔。赵文雯说,陪孩子写作业的日子时刻得防着自己别一口脓血吐在作业本上，简直分分钟都想撕书、怒砸、摔娃，简直上一秒是亲妈，后一秒是后妈。"写作业"让他们一家人不欢而散。

估计很多人家里每天晚上就在上演着这出"不欢而散"的戏，好在，不写作业的时候还是能够吉祥如意的。

活该你喜欢男孩

在怀孕的时候，总被问起："你想要男孩还是女孩？"我从来不像那些胸怀宽广的女性回答"生男生女都一样"，我就如同旧社会的小脚老太太那么坚定地说："男孩！"我打心里喜欢男孩，我觉得我得把这个信息放给老天爷，省得他那么随机。挨刀的那一天，大夫在我耳边说："男孩。"我一下就给高兴晕过去了。

突然冒出来的肚子上的刀疤和满脸雀斑就是兑换这份喜欢的代价。我以为这是等价交换呢，后来才发现这才是小序幕。家里的男孩为什么喜欢冷血动物，我不知道，在我循循善诱美妙动物世界的时候看的都是大森林大海洋以及浩瀚的太空，压根没接触过虫卵、毒蛇、捕鸟蛛、蜥蜴等。可难道是缺哪补哪吗？在别人迷恋恐龙的年纪，男孩开始迷恋自己在家孵虫子，为了形成一个生态链，再喂蜥蜴。

我们家，大冬天沙发底下蛐蛐声此起彼伏，就看我举个手电在地上爬，想逮住越狱的小虫子。每天睡觉就跟宿营一样，山上都没我们家生态好。你以为蛐蛐只去沙发底下吗？男孩说他上学的时候掏铅笔盒，打书包里跳出一只特别大的母蛐蛐，他一把扣住。这还能上好课吗？再说我，坐着地铁昏昏欲睡，愣从我脖子里蹦出一只蛐蛐，换别的女的早就惊声尖叫了，我提醒自己要冷静，一直目送着蛐蛐自己下车。我不知道身上衣服里还藏着多少，这走一路掉一路损失太大了。到单位我就把自己锁在女厕所里，开始脱衣服，使劲抖落。冻得瑟瑟发抖地还真又甩出来一只，裹纸卷里。

可你能跟孩子急吗？不能，谁叫咱喜欢男孩呢！当蛐蛐孵化成功后，男孩提出了养杜比亚蟑螂，我差点灵魂出窍。虽然这外国蟑螂不会无性繁殖，但体型巨大，恶心度不一般啊。面对男孩的苦苦哀求，慈母败下阵来。二十来只大蟑螂打塑料瓶子移民到树脂盒里，住房条件是改善了，男孩天天趴那看。为了防止这些东西在我们家洞房完坐月子，我把唯一一只母蟑螂喂给蜥蜴了，严防这虫子搞起对象来不管不顾。那些青壮年在塑料盒子里这不消停啊，细碎的小爪子挠得人心烦。

屋里一声大叫："妈妈，我惹祸啦！"能那么大声自己主动承认错误，祸就不小。我开门一看，他整个人趴在地上，四肢伸展。"你干吗呢？"男孩焦灼地回答："刚才不小心把蟑螂盒子弄翻了，它们都跑出来了，我压住了几只。"我脑袋上一缕白烟儿。

怕什么来什么。蛐蛐进衣服里我尚能容忍，打脖子里掏蟑螂，我觉得为此都能让单位把我开除。我让他慢慢起来，才围堵住五只。我这个庆幸啊，幸亏女主不在了，这要是在外边自由恋爱，谁也管不了啊。虫子再大，也难找，哪有缝儿往哪钻。怎么办？男孩让我冷静，然后把门轻轻带上，说屋里没人也许它们就都出来了。想什么呢!

当孩子上学去,我悄悄把门打开,跟之前没啥变化,这些虫子跑出去也不挠了。我就一屁股坐地上,开始思考,如果我是蟑螂,我这个时候该藏在哪?先找掩体,还必须跟小伙伴在一起壮胆儿,那叫需要一片大一点的地方。我随手拿开掉在地上的一本练习册,我觉得那一刻,我浑身冒冷气,周身都得冒白烟儿。巨型蟑螂一个挨一个趴一片,全待在练习册底下。我赶紧一锅端。

男孩长大了,对虫子不那么热衷的时候,开始自己在淘宝上买零件改装自行车。外边那么多共享单车看不上,一定要自己动手。好好一辆山地车,除了车架子是原装,连轮盘都给换了,调变速器的时候遇到了技术问题。我陪他去自行车厂找技术员,人家拆开变速器给他讲原理,然后问:"你打网上买的这种假变速器吧?"他说:"我妈嫌进口的贵,让我买最便宜的。"我一时没找到地缝。

活该你喜欢男孩,从小到大的陪伴永远是一惊一乍的,但是我愿意。

每个奇葩妈妈都是被孩子宠出来的

我今天问一个孩子,你妈妈过生日,你给她写的小卡片,她是不是一发现特别感动?男孩马上梗起了脖子:"我写那些小卡片都是我后来在垃圾桶里发现的,我妈从来没发觉那是生日礼物。我打垃圾里拿出来过一次,发现卡片上全是她打的草稿,拿这当废纸了。"他旁边一个女孩也转过身:"我妈妈能把我作业卷子当垫鱼刺的废纸,我从垃圾桶里找出来我的卷子,上面都是大油点儿。"我立刻表扬了他们,你们的妈妈都是英雄母亲。

充满母爱的垃圾桶大概家家都有一个,装满了孩子们的宽宏大量。

有一段儿时间照镜子发现自己脸长横了,得赶紧减肥,健身怕累,精神摧残怕疯,所以只能靠饿。过来人都说晚上不吃饭特别管用,但是白天工作一天,晚上这顿肚子里已经饥肠辘辘了。熬过饭点儿进门,一心扑在学习上的孩子让给他默单词,我说:"你自己捂上一边儿吧,碰见不会的可以抬俩手指头看看。我得赶紧睡觉,要不马上就得饿。"

我一般晚上只喝一碗奶,即便这样三天还胖了两斤。我正惆怅呢,孩子过来分析:"婴儿不就是靠吃完奶睡觉长肉吗?你底子本来就不弱，所以营养一足，肯定比那些小婴儿长得快。"他磨磨唧唧不走，一看就有事，我一问，他说最近一呼吸打鼻子里冒热气，跟喷火似的。这是有变龙王的迹象，但我没笑话他，我说春天你一定得多喝水，然后拉开抽屉拿出药："你一次嚼两丸就行。"我平时上火就吃黄连上清丸，挺管用的。看他吃完药我就睡觉减肥去了。早晨起来，桌子上打开散乱的居然是一盒六味地黄丸！

我是一个有创新精神的母亲，只要进厨房，我什么都敢往锅里放。有一次做芝士培根土豆泥，听着倍儿有食欲。后来我想，那么大烤箱转一次也是费那么多电，干脆多做点内容丰富的。到底放了多少种我忘了，反正厨房里我能看见的，温度一够能往嘴里送的我都给蒙培根底下了。我怕不熟，时间拧了一圈儿又一圈儿。最后拿出来一看，跟刚行刑完，一个人的烂脑袋似的，在铁盘子里直逛荡，旁边还流淌出一块儿。我就这么端着上桌，特别有挫败感。我们凝视着盘子里的"人头"，默默无语，半天我说："拿筷子捅捅，看能吃吗？"孩子说："咱再烤个身子得了，让它有尊严。"我说："咱家烤箱太小，火化炉才是标配。这么大脑袋，身子怎么也得一米六。"孩子说："那你先吃第一口。"两把勺，很快就把"头皮"给豁开了。

你们赶上过又停煤气又停电的日子吗？最腻味人的是早晨起来就没有了，掐着点儿起的，没机动时间去外边买早点。孩子说："妈妈，咱家还有没用完的生日蜡烛，把碗架蜡烛上吧。"我觉得这么做对不起列祖列宗，于是打储物箱里掏出一款多年不用的迷你吹风机，用电池的！我生生把一碗凉奶拿吹风机给吹热了，两节一号大电池，顺便把两片面包和果酱都加热了一下。楼道里遇到送孩子的邻居，我问她怎么热的奶，她说："我连奶都没倒出来，直接揣怀里，拿体温给热的。弄得我现在直胃疼。"这就是伟大的母爱啊！

在日常生活里，作文中的母爱似乎很少出现，我们都是活生生的奇葩。但爱在，就像光芒，彼此照亮。

鸡腿管用了吗

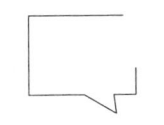

小学期间，家长帮着孩子以"最难忘"为题编了不少篇作文，文章多有雷同，所以我想没几个人还记得写过什么，但小升初最后阶段，每个家长都能写出篇最难忘的作文。因为，小升初改"摇号"择校了，这是一个特别新颖的撞大运模式。

当得知这个消息的时候，平时逼着孩子做题的家长忽然都消停了，赵四两眼茫然地看着我问："你说，找谁管用？"我往左挪了一步，她的目光却依然望着我站立的地方，好像地上还有个人，她就那么看着，语气加重又追问了一句："你说！找谁管用！"我打算用手指天，又怕引个大霹雳下来。就在这个哲学问题被抛出的转天，赵四带着孩子敲我的门，她说孩子寄养两天，两口子得出个门。我兴高采烈地去准备饭，赵四发来微信，说已经快到五台山了。他们这是出门还是出家啊？我的心里这个嘀咕。

当赵四满身香火气地坐在我的沙发里，打怀里掏出个叠了几层的黄纸，上面还有红戳子印儿。她双手合十那么夹着，跟逮了只蛐蛐似的，动作轻得让我觉得特神秘。我声音都小了，捏着嗓子问："这管嘛用？"她说："我路上遇见个人。"我为了配合神秘感，还左右看看，一点儿不像在我们家。"那人大概有点儿能耐，看见我一把揪住，就说这几天我们家孩子有坎儿，这东西能保平安。"我立马断言:"你肯定给钱了!"赵四说:"人家是先给我这东西的,没提钱,我觉得不好意思,就给了五十块。"我就知道这纸片不能白拿:"那大师准说你想嘛来嘛吧?"赵四一边把随身的包打开,口儿敞向我,一边说:"我说朋友多,就多拿了一些平安符。"我伸头一看,那叫"拿了一些",半书包打不住,发全校孩子都够了。大师真是慈悲为怀。

我以为有这东西做心理安慰就够了,可是赵四依然惶惶不可终日,她常常在午夜忽然来电话问我:"你帮我出出主意,听说文殊菩萨是管考试榜上提名的,你说,'摇号'这事他管吗?"一个焦灼的母亲,如果真有神灵,我都愿意替她长跪不起。

人外有人。也不知道从哪来的又一位大师给赵四支招了,先给他们家布了个阵,该摆的摆,该挪的挪,然后告诉他们这房子在结果没出来之前不能住。母爱的伟大,让赵四从一个无神论者迅速脱胎成迷信爱好者。一家三口为了不破坏阵的风水,在郊区租了套房子。为了确保孩子能择校成功,志愿上写了哪所学校要去拜一下那的土地爷。

如果是平时,任何人都会觉得荒唐,更不会照着做。但在撞大运面前,人的意志屈从于宿命。我没有再劝赵四,因为这棵稻草给了她希望。大师让剪下两撮孩子的头发,每撮头发配一只鸡腿,装塑料袋里,拴在绳子的两头,在半夜两点到学校门口,往树上扔。

我也不敢问,你把鸡腿往树上扔土地爷够得着吗?为了确保一次就能让鸡腿上树,我们进行了练习。我站在两米开外举着胳膊,让赵四的老公实验一下能不能摽住。赵四非让我站远点儿，我不同意，我怕她对象拿鸡腿抽着我脸。就那么练习了五六回，甩过来的绳子确实在鸡腿的重力作用下全缠我胳膊上了。

我没参加半夜的活动。那得孩子自己的亲人去。听说两口子为了确保所报的两所志愿校的土地爷都不得罪，给孩子剪了四撮头发，买了四个鸡腿。凌晨两点，一个男的甩着呼呼生风的鸡腿，嗖一下撒手，挂树上了！俩人蹦跳着相拥，好像高高挂起的是孩子的未来。

好几天以后，我看见赵四发的朋友圈，是一碗中药。我赶紧问："鸡腿管用了吗？"赵四回："管用我能喝中药嘛。"我再不敢多问。一个孩子，是一个家庭的重心，面对"摇号"，谁能让一个母亲随遇而安？反正我劝不出口。

> 我不会做饭,是不是就没有资格爱你了

美食,首先得美。

就像有人天生五音不全一样,总会有人生败笔。而我的败笔是,不会做饭。我说的"做饭"的标准是菜谱那些模样俊俏的成品,我曾经一度很努力地照猫画虎来着,可是如同在淘宝上买的衣服,怎么穿自己身上那么难看呢,都不愿意多看一眼。

有些书特别刺激人,比如《爱就是在一起,吃好多好多顿饭》,讲怎么摆盘,怎么让餐桌变得迷人而精致,可是我费了一上午的工夫,很可能做出来的全是败笔。最初我认为是餐具的问题,我买了几只特别精致的日本的碟子和碗,就为了好看,增加点儿食欲,后来又换了桌布,烘托气氛呗,还有筷子,跟工艺品似的。如果只拍照,餐具给点光是挺好看的。可是菜,为什么我每一个程序都是按菜谱做的,出来那么黑乎乎呢?

花样繁多的黑暗料理都出自我的手。我常常挤出来点儿时间,趁家里没人的时候苦练,开始觉得食材都是钱买的,不好看并不耽误吃,但是在我独自吃掉六个焦黑略糊的鸡翅之后,还要跟什么没发生一样,在饭点儿跟着大家一起吃饭,那痛苦只能自己默默忍受。

我总是认为只要勤学苦练,终有一天会拿出一桌子令人惊艳的拿手菜。但是，在人后的努力，让我突然胖起来了，我的加餐比正餐量都大。终于有一天，我把那些迷人的菜谱打成捆，卖了。我觉得我天然的厨艺也就止步于能吃。

其实这让我挺自卑的。因为满大街都是什么"想留住你爱的人，就要留住他的胃""一个好妈妈，首先会给孩子做饭"，这些话简直像鞭子一样抽在我的身上。怎么书上的菜就能那么好看呢！

我记得我有一次，把一堆有营养的东西洗好，泡好，然后把又重又厚的铜版纸菜谱端到厨房，一行一行按照程序来，那是我最后一次尝试，为了孩子，做一顿看着好看的饭。一会儿烤箱，一会儿油锅，那些新鲜的西红柿在我刀下都死过去好几遍了，培根啊，红酒啊，肉馅啊，一一进入生产线。别说，味儿真香。再看那样子，一揭锅我就死心了，看见过折箩吗？没吃的就跟吃剩下的一样，汤汤水水流在盘子里，再看培根包裹的肉馅，大概因为经过一番煎烤，肉馅都往外翻翻着，简直就是烂肉一摊啊！

本来我还拿转笔刀似的餐刀削了两朵萝卜花，干脆把牙签狠狠地往上一插。说实话，默默耕耘出来的黑暗料理，我既吃不进去，扔了又觉得可惜，这才最折磨人。当我决定不再尝试美食制作，我把儿子叫过来，特别愧疚地说："别人的妈妈，做出来的饭跟菜谱那么好看，别人的妈妈，烤出来的面包跟蛋糕店卖的似的，可是我做不出来。"我心里还有一句："我不会做饭，是不是就没有资格爱你了？"可是我没脸问出来。

孩子说："别人妈妈是别人妈妈，我的妈妈虽然不会做饭，但会其他别人不会的。我的妈妈很普通，我也很普通，我不嫌弃你，你也不嫌弃我。"

我想，这是最家常的日子。我没有能力炫耀自己做饭的手艺，但爱，就是"你不会，我也不嫌弃你"。

三块钱保青春期平安

有一天我站门外就听见儿子在那老大声音告状:"我妈妈绝对更年期了,已经开始叛逆了!答应好给我三块钱的,说变卦就变卦,又不给了。太逆反!我还得让着她。"他气急败坏,我都能听见拿脚踢桌子腿儿的声音。我推门赶紧进厕所冷静了一会儿,怎么也想不起来我答应什么三块钱了。可那个夜晚,愣是在谁也没理谁中度过了,还真够难熬的。

我自己也青春期过,没觉得那是病啊,大概写点儿没人看得懂的诗就自己康复了。可孩子已经青春期了,要不也不会给我扣上更年期的帽子。

转天几个同学小聚。我在约定地点转悠来转悠去,除了饭馆发传单的,就剩我了。正在我举着手机搜免费Wi-Fi信号时,男同学呼哧带喘地打扶梯往上跑,边跑边招了几下手,一般要到终点的运动员都这样。我们打中学毕业就没见过,居然还保持着当年的人形,连长相都没怎么变。

见面总得寒暄,我说:"还是你们男的好,也不用回家做饭。"

男同学转着手腕子上锃光瓦亮的木头珠子:"别说做饭,家都不用回了。"他沉吟了一下,开始自言自语:"我们孩子自打上初中,我老婆就要求我到家不许看电视,我儿子不许我说话,我只要一说话，他就嫌烦，让我闭嘴。孩子青春期，动不动就犯脾气。"

我慢吞吞顺着他的话："所以，你，离婚了？"

男同学一瞪眼："离嘛婚！我下班晚上七点就能到家，不许说话不许看电视，你说我又不能吃完饭就睡觉。我就报名干滴滴了。下班单位门口吃完饭，我就拉活儿，开到十二点再回家，那会儿可算能看看电视了。我已经两年没看新闻联播了，怪想的。"

我们正说着，俩女同学拎着大包小包来了，远看就像飘来两面彩旗，其中一位女同学居然把短发染成了金黄色。"你们怎么跟定居韩国似的，浑身上下争奇斗艳。"我说着扒开她们拎的塑料袋，发现这俩人买了四双旅游鞋。

女同学用她的大手豪放地捋了一下自己的发型："孩子把我染发膏给换了，这洗也洗不掉，就先混弄潮儿队伍吧。"打落座，四个人除了揭发孩子，连菜都没点，把服务员干晾在旁边听着。金发女同学说："我们孩子根本不跟你交流，平时耳朵里塞着耳机，咱也不知道是听歌呢，还是听外语呢。你还不能问，一问她就急，噎得你一愣一愣的，家长在家简直就不能出声音，你说话就是干涉她。我气得都离家出走三回了。她爸气得自己在外屋抽皮带，抽坏两条了。可只要她一出来，大家就得哄着劝着。青春期，怎么办呢！"

这边还在演示怎么对着空气抽皮带，另一个女同学说："你们都一个孩子，我俩。刚把大的熬到青春期，他那个眼神儿，能把你气死。我背背外语吧，他斜着眼睛看你，认为你就是家庭妇女，学习根本不行。我一赌气在外边吃盒饭,背单词,把英语六级给拿下来了,合格证直接拍他面前。他才服。熬大一个,还有一个,老二青春期的时候,没准我就抑郁症自杀了,在死之前,咱必须得多聚!"

说到青春期,每个人几乎是抢答,同步说话,看出来在家多憋屈了。男同学揭发自己的孩子跟家长一言不合拿着十块钱就离家出走了,弄得他们两口子又报警又开车到处找。所以他宁愿在外边拉不挣钱的滴滴,也不回家给自己惹事。

一边吃饭,我一边下决心,晚上就把三块钱给孩子,保青春期平安。

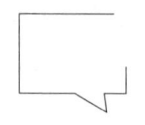

我替孩子写作业，被老师发现了

放学的点儿突然接到孩子电话"妈妈你中大奖了"，我正要高兴，把腿在办公桌下面伸直，身子往后一靠，用最舒服的姿势等着。"你给我写作业的事被老师发现了，她让你明天早晨到学校来一趟……"后面什么今天考多少分我都没听见，满天都是大霹雷，瞬间我觉得自己都耳鸣了。椅子咣当一下归位，我举着电话喊："哎呀，那怎么办呢！"余韵徐歇。脑子里直嗡嗡。

回家的路是漫长的，因为地铁还坐过了站。满脑子都是假想中的对话，为什么替孩子写作业？为了让他多睡会儿觉。为什么只写语文？因为其他科我都不会。这理由，打我这都过不去，可愁死人了。

一般遇到丢人现眼的事我都会选择打电话向朋友求助，转天他们会嚷嚷得尽人皆知，对我也好是个警醒。第一个朋友是比我更循规蹈矩的人，一听马上吓坏了，反复叮嘱："你千万别承认啊！让孩子一口咬死，就是自己写的。"我说："我已经决定要做诚实勇敢的人了，不这样老师得把我一口咬死。"她接着又说："那你也不能说是你写的，你就往别人身上推。"我听完这话简直万箭穿心，让一个没孩子的人回答这样的问题实在太不冷静了。难道我跟老师解释，这是邻居二哥抢着帮孩子写的作业？

第二个接电话的人明显很懂事理，上来就说："你活该！没有金刚钻别揽瓷器活，你闲得难受接这种二职业。这不没事给孩子找事儿吗！"手里有短儿，连说话声都小了，我试探着问："你给孩子写过作业吗？"她说："我才不管那个呢！让他自己跟老师对付去，我们最后休学了一年。"我站在小区里的柿子树下开始怀疑人生，我都怎么认识的这些反面典型呢？学坏容易学好难啊。

第三个电话打给一路光环照身，曾是北大少年班的优秀生，简直没法跟她比学习的人。我上来就主动交代："我给你爆个料，我替孩子写作业，被老师发现了。"她说："你怎么提前不练练呢，你不是画画挺好的吗？"这是语文老师找我，又不是美术老师找。她说："我一般都用左手写，写了一年才被老师发现，你这功力不行啊！照猫画虎懂吗？没让你画龙点睛！"

手机都烫了也没寻求出点实战经验，除了对我的批判指责，就是她们骄傲地显摆着自己作为过来人的云淡风轻，全都站着说话不腰疼。

最后一个电话是打给一个当过学校教务处领导的人，她哈哈大笑："你写作业的时候怎么就不想今天呢？老师干吗的，能分不出家长的字和学生的字，你越写越上瘾居然还想抱着侥幸心理。告诉你，主动跟老师承认错误，实话实说。你就低头认罪，打进办公室就端正好自己的态度，无论老师说什么，你只回答一句'您说得都对'。记住了吗？"我使劲点头，说记住了。然后电话那边："现在我当老师，咱俩演一遍。"

漫长的夜晚，好久没这么惊心动魄了。

那些得知我替孩子写作业而被老师发现的人半夜三点居然还给我发表情包，祝我好运，给我加油。可见我们的日常生活是多么的单调，多睡会儿觉就那么难吗？

天亮如同奔赴刑场，我的行为还不能算投案自首。早晨的太阳那么刺眼。战战兢兢推开办公室门，只有一个男老师趴在桌子上睡觉，一看那姿势就心无挂碍，不像我俩黑眼圈，想了一夜怎么说才能化险为夷。可是男老师实在睡太香了，我说了三遍"老师，您好，麻烦您问一下"，声音逐渐大到我自己都害怕了，他还没醒。最后没辙，我只能用老师吓唬学生的方式，走到办公桌前，用拳头上的骨头使劲敲桌子。男老师蹭一下就坐起来了，显然是惊着了，下意识用左手在桌子上划拉眼镜，另一只手捋了捋头发，想恢复精神抖擞的模样。他说我要找的老师去楼上了。

我退到楼道外等，每一次耳畔出现的脚步声都让我揪心，看来人是真不能做亏心事，吓成这样何苦呢！阳光依然刺眼，这时候我在心里鼓励自己：如果这颗子弹是射向孩子的，你挺身而出吗？答案当然是会。然后我看了眼对面楼顶的刺眼阳光，转身，回办公室接受"溺爱"的代价。

能不能盛装出席家长会

因为家里有个男孩，所以我在家的服饰从来都是严谨的，压根儿不会有什么听见敲门声让人家等一会儿的情况，我打卧室出来直接能进会议室，咱穿的就是那么严丝合缝。不像别人，到家换家居服，浑身动物图案，一开门以为两口子排儿童剧呢。

忽然有一天，孩子让我在一张学校通知上签完字，一边拧钢笔帽，一边说："参加家长会的时候，您能打扮一下吗？"五雷轰顶啊！我一直觉得我成天套件戴帽子的卫衣青春洋溢能和少年儿童共荣辱呢。开家长会，从来不会让差生家长代表发言，我打扮那么惹眼干吗呢？宾至如归的效果就是悄悄来默默去，千万别让老师注意到，我就怕老师找我谈话。

我赶紧问他："你希望我打扮成什么风格？"他说："好学生家长那样就行。"合着他考不好全是因为我穿得不行。

为这话，临放学我特意开车到学校门口，远远观望他们班班长的家长是怎么穿的。凭孩子长相我是分不出学习成绩的，所以我只能盯住我认识的人。哗啦队伍一散，孩子们跟虫子似的往四周跑，我的目光追随着那个留着五四青年短发的女同学，她的眼镜框和打绺的头发同时反着光。接过她书包的妇女烫着头，头发也不知道是染色了还是掉色了，糊棉花糖似的。一件绣花的大绿棉袄，一条黑条绒裤，还有一双像雨鞋一样的靴子，最扎眼的装饰就是当啷在胸口处的一大块明黄的蜜蜡。俩人挎着就走了，有说有笑。这位大姐俨然就是蹚过男人河的女人。

往回开的路上我一直在思想斗争。因为学习委员的家长我也看见了，冬天露半拉胸脯，就挡上了条打结的丝巾，寒风中肉隐肉现，我要那样颈椎病当场就能犯。所以我打算回家跟孩子深谈一次该穿成什么样出席家长会。

我把我观察到的两个案例如实汇报，我问为什么要求我盛装出席家长会呢，考试成绩我早知道，老师对我只有一种态度就是奚落挖苦，我穿太好怕刺激老师。孩子不以为然："灰姑娘在后妈家里干活，也没见穿什么好的，有条围裙就不错，可人家参加王子舞会就知道穿水晶鞋、大纱裙戴首饰。这叫追求美，是一种美好。"他的例子举得太突然了。

我立刻就懂了，孩子是希望有个仪式感，需要我穿得跟女嘉宾似的。我脑海里闪过的是他同桌家长，那位男嘉宾回回西服革履特别正式，要全班家长都这样，简直跟到了"非诚勿扰"节目现场赛的。我就跟他说："参加家长会，毕竟跟参加王子选妃的舞会不一样。我们还是要本着严谨的态度去对待，打扮这事得按照气质来，比如我穿运动服蹦蹦跳跳还行，但让姥姥扎俩小辫穿运动服去外面蹦蹦跳跳就会有人打120。我按童话世界打扮有点儿难，你看我穿成董明珠那样怎么样？"孩子说了句"都行，穿能镇住老师，没准能少挨点儿数落"，把门关上了。

我用半小时把全世界大企业女执行官照片过了一遍。给赵文雯打电话："把你那身贵的职业装借我穿穿，鞋一起拎来。"

转天我跟留学培训机构领导似的，西式套装大翻领白衬衣，连胸针我都别上了，登上高跟鞋一摇三晃就进了教室。衣服太紧往那一坐气若游丝得抽气儿。旁边大哥没来，多少让我心里安慰一些。老师上来说完全班情况，突然目光转向我，然后啪地扔在我面前一本小说……这一个动作立马把我世界大企业女执行官气势给破了，低头哈腰承认错误，发誓回去教育孩子。

到家，钥匙刚插钥匙孔里，门就被打开了。孩子轻声问："衣服管用了吗？"我交替俩脚把高跟鞋甩出去："衣服没管用，我看只有分管用！"

最歹毒的励志"学海无涯苦作舟"

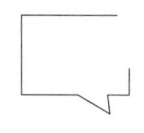

看了一组照片,心如刀绞。你知道冬天早晨六点的街道什么样吗?当你还在睡觉的时候,一些孩子已经在上学的路上了:路边早点摊儿买一套大饼里脊,边吃边走,匆匆忙忙,只有身上的校服和大书包衬着一张稚气的脸;还有的孩子在父母身后的电动车上闭着眼睛,趁那么点时间也能睡上一会儿;无论刮风下雨,总有穿着校服的孩子骑着自行车在风雨里狂蹬,像受惊的燕子……他们是一个家庭一天的开始。

我每天早晨推开孩子的房门,看着他熟睡的样子,再轻轻把门带上,然后又推开。尤其在冬天,桌上的早点已经摆好,可是,天还没亮。"要不,再让他睡一分钟?"我就在床边看着时间走,特别盼着一分钟能慢点儿。

不得不把他摇晃醒之后,时间突然转得快了,紧张、赶落,最后桌子上剩下静物:碗里还有一口没喝干净的牛奶,盘子里只咬了两口的三明治,上学的小孩已经出门了。而此时,楼里很多上班的大人还没起。

"你们孩子上一对一了吗?""你们上的是好学校吗?"哎哟,还有别的事儿么。我忽然发现,在育儿面前,连生死都变成了小事儿。

孩子们周末比上学还紧张,平时进了校门就像进了保险柜,到点儿能出来。可是周末全在赶场，有个妈妈在手心里给我画了个上课线路图，父母和老人轮流值班交接，孩子就像传送带上的半成品，倒手几次之后晚上九点才能回家。

我的一个朋友孩子才三岁多，已经开始上老么贵的英语班了，我问她那么有文化，怎么还受这种蛊惑呢？她说："我就是想让她周末有个地方跟小孩玩。"一个念头，一年玩进去好几万。就算收入高点儿，也还是拿工资的人，自打有了孩子过的简直是"花钱如流水"的日子。这边还玩着呢，她已经开始为孩子在哪上小学发愁了。焦虑，是中国父母的通病，根本没有预防针，只能靠互相传染，再硬挺着等待自我康复。

我上学的时候负责画班里的板报，老师强调哪都可以擦，就是"学海无涯苦作舟"大标语必须留着，颜色一浅我还得拿红粉笔涂，我最痛恨的就是这句话。老师脾气暴虐，动不动就拍桌子喊："我是为你好，你懂不懂！"这两句话是我整个学生时代的标配。我始终觉得学习是一种折磨，即便最后那几年我线性代数和立体几何考试始终是满分，即便我还当了一阵班委，我还是无比厌恶学习，因为每天都在无数次地训练再训练，直到你的大脑都不用思考了。

分数划分着一个人在班级里的等级。作为一名差生，基本就要放弃做人的尊严了，你的爱好、你的习惯甚至你的名字，都将成为老师随手拈来的笑料。所以，我学习的动力根本不是来自于什么"上进心"，我只是想避免屈辱。我眼见着我的好朋友因为在不及格的卷子上模仿家长签字，课间操之后众目睽睽地面对着全年级被班主任挖苦，身边围观群众大概都没明白怎么回事，就挤来挤去地起着哄笑。

我特别庆幸，我可以不再上学了。而什么是教育，一直是我心里的一个疑问。

现在的孩子境遇会不会比我们那时候更好，我不知道。但那时候，我们没有"学而思"，尚有大把懒散的时光，我们的父母也没有太多的焦虑。如今的家长，婴幼儿时期焦虑孩子的营养和健康，再长大点儿焦虑学区房和好学校，之后就是带着孩子各科都得在外边上小班儿。我做过一个调查，初中班级里，什么培训班都不上的简直就像神一样存在。

那么累，为什么还要去补课，还得咬着牙过"花钱如流水"的日子？不往远里看，也许今天的好好学习，依然还像我那个年代一样，只是为了孩子和家长在面对老师的时候能有点儿尊严。

其实，我们谁都知道，一个人的未来，不是卷子上的分数就决定了的。这不过是人生中的一片密林，荒野求生之后，我们需要走出去，也许再回头看时，它不过是莞尔一笑的记忆。

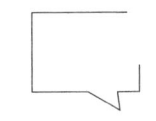

每一场风花雪月的背后都有乱成一锅粥的努力

夜晚,做了一场全球网络直播阅读分享会,分享的是一本打动我的童诗,因为译者在德国,所以我们根据她方便的时间把活动安排在周一的晚上八点。周一是单位最忙的一天,下班都七点多了,出了地铁我这通跑,已经很久没锻炼了,平均跑三步捯口长气,肩膀上的书包还总往下掉。我怀里抱着炸药包似的,正往小区里跑,一辆送餐电动车拦住我的去路:"姐姐,八号楼在哪儿?"我差点儿一头撞在饭上。

灰姑娘舞会散了奔南瓜马车那儿跑也就这意思了,水晶鞋都快掉了,幸亏有鞋带儿捆着脚。

眼睁睁盯着手机上的时间,进门拿起笔记本电脑进小屋,关门。倒计时开始。

约定好提前两分钟开场,可到八点了还没动静,主持人干吗呢?我正问,主持人微信说电脑死机了,发那些流眼泪的表情,哎呀给我急的,你有空按表情倒是进去说几句开场语啊。眼瞅着已经八点,我撂下一句:"那我直接开始了",进入活动现场开始白话。

我刚说两句,忽然发现主持人冒出来了,这准是电脑好了呗,可你就在旁边静静地当个美男子不得了,他觉得自己的流程必须走完，所以也没听我上句说的什么，开始重新主持。我一本正经地回忆诗意带给生命的启示，他插一句"欢迎大家吧啦吧啦"，我以为介绍一句也就行了，没想到，他跟机器人似的，启动程序关不上了，于是他一句我一句，天上一脚地上一脚。弄得我忽然开始紧张，便条纸上写了很多行提示我自己的句子，我都忘了这是哪句对哪句，后来干脆直接把纸给团了，干说。

可算主持人不插话了，我妈忽然敲门问："你在里边干吗呢，饭都凉了，到底吃不吃？做完饭怎么还得跟请大爷似的。"我心脏病都快犯了。拿后背抵着门，还得跟群里三百来人回顾八十年代朦胧诗。没说两句，我儿子敲门："妈妈，你那小鸟站门框上等你呢，你跟谁说话呢，怎么还不出来？"怎么连鸟都来搅和啊。当我心神不宁地又说完一段话，听见我妈推开对面厕所的门："朴槿惠下台，连退休费都不给她，你说她一个人怎么生活？"我赶紧拉开门，大声喊："我这直播呢，都小点声啊。"这才算消停。

我负责给嘉宾催场，安排另一位朋友给参加童诗朗诵的孩子们催场，隔着网络孩子们各在各家，他们的微信群散布着紧张气氛，一直在问："开始了吗？到我了吗？怎么还不发信号弹啊？"估计手里的那首诗都捏出水儿来了。

信号弹几乎是跟着手榴弹一起扔过来的，因为太紧张，前面的孩子还没念完，后面的孩子已经读完了整首，插在了中间，其实大家不会在意，但孩子们提着的心始终悬着，在群里说："太刺激了。"

BU ZHUANG

一个对"以后"这个概念模糊的人，才更懂得珍视现在。因为生命来来往往，来日并不方长。一念既起，尽心完成，别等。

每个人都有属于自己的时刻表,别让别人打乱你人生的节奏。余生很长,不必慌张。

BU ZHUANG

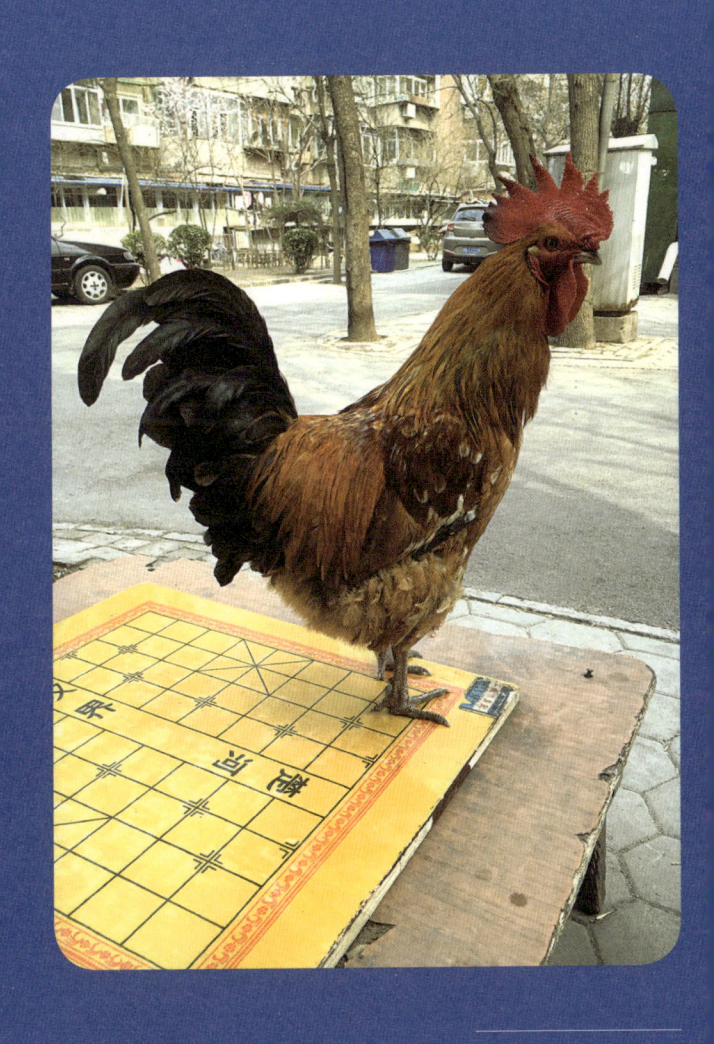

别在理想中寻找生活，我们在生活中寻找理想。按自己喜欢的方式过日子，才是幸福。

愉悦、坦然、亲和，都是与岁月握手言和后的平静，也是时间对智慧最好的馈赠。

BU ZHUANG

"不高兴"才是在虚度光阴，人生不长，和舒服的人在一起。

1 装

哪有什么生活技巧,很多时候就是自己死扛一段,笨笨地熬着。

BU ZHUANG

你做了那么多计划,最后完成了多少?有时候,拖着拖着就麻木了,才可怕。

1 装

好看的皮囊千篇一律，有趣的灵魂万里挑一。
有趣，不苟且。

我觉得一个孩子读得特别自信，当即表扬了一下。她妈妈说，给您看看现场。孩子觉得只有站在高处才能读出那首诗的感觉，于是练的时候椅子落凳子，她站在最高处，她说高处声音能出来，妈妈就在下面仰脸举着手机录效果，孩子脑袋都碰到房顶了。这诗要再写得激昂点儿，人得上房。

活动特别美好，译者用德语朗诵的诗让我们觉得享受真的是跨越语言的，无论懂与不懂，似乎都沉醉于诗意的陶醉。结束了，可算能坐下喝口热水了。再温习一下我们微信对话，一边是："一号念完了，二号谁赶紧准备，三号呢，赶紧注意，四号四号，快到你了……"另一边是："还没完，你把那两首诗给念了做个示范。"职业朗诵嘉宾反应倒是快，虽然结束语都说完了，立刻自己返场："我再送大家两首诗……"然后问："你看我表现行吗？"

如果不看我们私下互相喊话，活动呈现出来的就是完美。但是正因为，平静下面藏着那么多波涛暗涌，才觉得有意思。全球直播太刺激了！

辑四

我的那些瓜

如同不知不觉吃西瓜的时候随地吐了点籽,春天再来的时候,地里开了花,随后,花谢了,长出来西瓜。就是那么随意和偶然,有些缘分会自己扎根在泥土里。

　　我的书,就像把零钱,攒够了一年就得零存整取。文字帮我记录每一个平常且稍纵即逝的时光故事,它对于我是珍贵的,因为随时回忆,回忆里都是满的。

　　我的瓜并不高产,从来别指望一下子像到了瓜地。我的朋友都有一个特点,指望他们升华我,费劲,出场就是来砸挂的。

　　不见外,好!显得亲。

一小撮王小柔

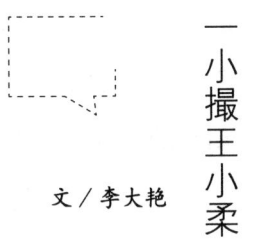

文／李大艳

和王小柔打交道也有小十年了，但是今年才正式地面对面、活人互动，之前都是短信、邮件，所以我知道的小柔的事情都只有一小撮，片面得很。

话说，北京奥运会那一年，有一天进办公室，领导正在看一本书，乐不可支，双肩耸动，面目扭曲，强忍笑容对我说："这个作者挺有意思，能把她约来写专栏吗？"行，当然行！难得有一个作者能让领导高兴，还能不麻溜找来？

那本书就是《十面包袱》，我看了几页，笑得像个癫痫。到现在还记得里面有一只大公鸡会看人下棋，另外写她自己学化妆，拿起毛笔往眼毛上一拉，跟拔丝苹果似的，还不带断的，得拿剪子现绞，刷完一看，跟排笔赛的。

笑完就找王小柔的电话，发了一个短信："我是《北京晚报》的编辑，你给我们写专栏行吗？"回答特别简单："行。"第二天就发来了几篇稿。

后来几经改版，多次调换作者，但是小柔一直盘踞在我们的版面上。她是一个特别好打交道的作者，定时发来一个月的稿子，发完了我吱一声，马上就发来下一批。她不跟我讨论选题，也不需要我寄报纸，也不问我多少稿费——当然都是很自觉地把她的文章按最高标准算稿费。我也不需要跟她吃饭拉家常，也不用唠嗑扯闲篇儿。每次都是简单地说一句：用完了。她简单回复：好。小柔在我们这的专栏名字叫"还是妖蛾子"，是因为小柔有一本书的名字叫作《都是妖蛾子》。校对提出异议，说，按照字典应该写作"幺蛾子"。小柔也没意见，她说怎么着都行啊。每次对她的稿子，校对那边都能笑成一片，然后指出一些用语不标准的，比如总是把什么"似的"写成"赛的"。我说，这是方言，别改了吧。

无论我们怎么改版折腾，小柔都保持稳定的艺术水准。有出版社让我找人写书评，我都是推荐王小柔，她总是能够按时按点按质完成。有出版社说要写成这样那样的，让人看了走不动道儿。我说："小柔写的保证让他们看了两腿发抖合不拢。"小柔说："这是传染小儿麻痹呢。"

在北京图书订货会上，也见过几次小柔，特贤淑特端庄，默默地坐在一边看书，有时候站在编辑身后。我也不擅长社交，一般都等着别人来说话，自己一热情就显得过犹不及，臊眉搭眼上去寒暄了几句，她也是含蓄地笑笑，话少得像受惊的虫子，完全不像个写段子的。我说："你写的公鸡太逗了。"她严肃地说："都是真事。"

一转眼，默默写稿编稿也快十年了。今年年初，某个图书的评奖大会，我一看受邀的嘉宾里有王小柔，而且开会的地点就在单位对面。哎呀，对一个多年的老作者怎么能够不尽地主之谊呢？我就一团火似的扑上去问："中午有人管饭吗？"她说没有。我说："那行，我来地铁口接你吧，然后开完会到我们单位来吃中饭。"我怕她一个双鱼座迷路，特别殷勤地告诉她如何转车，出了地铁之后，一直往东，会看见一个大肚子的什么建筑，左转，一百米，就看到一座极其端庄肃穆的大楼。活动还要求穿正装，小柔说："你们的正装太严肃，进门都得三鞠躬。"那天，离开会时间还有一个小时，王小柔发微信说："我已经到了，你在哪呢？"我说："我，我还没有洗脸。这不科学啊，你一个双鱼座的到这么早干吗？"她说："别着急，你到饭堂等我就行。"

我说要去接她，结果自己坐反了地铁迟到了，到了会场到处瞎眯眼找，乌压压的一片，也不知道小柔在哪。我发信息说："我穿了白衬衣套裙，你站起来就能看见我。"一见面她就肆无忌惮地笑，说："你怎么跟前台接待穿的一样，要不识别率低呢。"

会议开了一半，我拉着她逃会去赶食堂开饭。我们两个人手拉手从这个高大庄严的大楼往外走，她突然伸出右手对着玻璃门挥手。我还以为小柔对着玻璃门外一百米的某人打招呼呢。她说："咦，这门怎么没反应。"我问："你干吗呢？"她说："我以为所有玻璃门都是自动感应的。"我俩笑得跟煮熟的大虾似的。

在食堂，吃着便餐，越说越投缘，小柔像惊蛰的虫子活泛起来。我笑得吐沫飞溅，说："你太幽默了，终于见识了你的真面目。"她绷着脸,轻描淡写地说:"你的笑点太低了。真能捧场,我还没说话你就开始笑。"我说:"得预热。"

吃完饭我觉得招待不够热情,又问小柔说:"我们还有澡堂子,你要不要去洗个澡啊?"小柔说:"你管搓澡吗?"我说:"行啊,只要你愿意,我就敢下手。"小柔说:"初次见面,不好意思。"

我也没有准备什么礼物,总不能让老作者空手走一趟,又问:"要牙膏牙刷吗?我这有新的。"她说:"把你用不上的小礼品都拿出来。"于是抄走了一瓶洗发水一支牙膏一支牙刷,也算是这么多年兢兢业业写稿的福利吧。

在这个时代能够显出人品的一个迹象就是看朋友圈的合影照片儿。有的人未经许可、不美图就发朋友圈,更可恶的是只美自己!这种人必须绝交秒删。王小柔和我第一次约会后,也发了朋友圈。我一看哎哟喂这个人太值得交往了,第一,没有把合影传到朋友圈去。第二,她给我拍的照片都特好看。——我有一个理论,给你拍照好看的都是真喜欢你的人。王小柔认为这不是唯物主义者应有的态度,拍照不好看只有一个原因——该换新手机了。

拍照的时候我还特意开启了美颜功能、美妆功能,拍完之后,我们俩看了都打寒战,美完以后太吓人了。小柔说:"可以直接送殡仪馆了。"我说:"我们俩就够好看了,不用美。"她说:"嘿你真自信。"我说:"这是实话。"小柔在文章里总是把自己说得又肥又邋遢,其实她是一个特别利落的人,出场总是衬衣牛仔裤,大眼睛双眼皮挺直的鼻梁线条清晰的嘴唇,身材分正反面,前挺后撅,绝对是才貌双全。可是我没见过她生活中穿裙子。我说你身材多好啊,真材实料,为什么不爱穿裙子。她就回我三个字:"挤地铁。"我说:"要不然这样,你放一套裙子在我家,每次你来北京开会,我就给你举着拿过去。"她说:"你真不嫌累。"

我们都是某个童书榜的评委,今年春天颁奖大会,王小柔从天津赶过来,特意扛了一个仓鼠笼子送给我。那天刮大风,所有火车都停了,王小柔竟然经过一番奋斗,和一群不肯退票的人拼了一列火车,一路丁零咣当来到了北京。带着一个仓鼠笼子一路安检,又是第一个到达了会议现场。太感人了。我感动极了,拉着她的手说:"下次一定请你洗澡。"

小柔以独创的段子文学出道,现在又成了独具一格的教育人士(都不知道怎么用名词了,所有的好词现在都成了贬义词)。小柔每次发言或者讲课都准备得特别认真,虽然她口头上总是说,哎呀,又要去熬制鸡汤了。我说你这个里面有大鸡块,特实诚。她说:"行,来候着我吧,准备好充电器,见我的标配。"

王小柔说话著文特别幽默,我认为其中一个原因是她活学活用天津方言——这个需要专业人士来写一篇论文了。我问她平时为什么也不说普通话。她惊讶反问:"你认为我说的是天津话吗?"我是一个南方人,一直被人嘲笑口音,在她这里我才意识到,口音是一个加分项。我就试着不努力细分前鼻音后鼻音卷舌音翘舌音。小柔大加赞赏，说你的湖南话多好听呀，以后我们俩可以一块说相声。

我说："不行，不行，我都是端庄淑女，以春风化雨的知心姐姐形象出现，跟你在一起尽说一些不着四六的，我得改艺名，你叫王小柔，我就叫李大艳吧。"就这么说好了。不过到目前为止，我这个艺名还没来得及用上，什么时候有人慧眼识珠，让我和小柔携手闯江湖、跑码头、说脱口秀的时候，再来柔情似水，艳惊四座吧。

靠坐姿丰富自己的李大艳

十几年来，我跟李大艳就没正经说过什么话，她一般发邮件，没内容只有一个标题"你的稿用完了"，我看见了便发几篇过去。我们的关系就是正常而普通的编辑和作者的关系。直到有一天，我们同时参加一场活动，在人潮人海中，她问我主办方管饭吗，我说没人管，于是她热情地邀请我跟她回报社吃食堂，扬言单位就在马路对面。

我是一个随和的人，谁管饭跟谁走。活动才进行到一半，看见李大艳打会场另一侧充满自信地朝我过来了，我正犹豫众目睽睽下这么早走合适不合适，她热情地对我挥着手："快点，食堂开饭了！"这食堂是卖早点的吗？但既然已经有很多人往我这看了，我也只能站起身，蹚过很多条腿挎住她的胳膊往外走，一慌张还找不到门了。我们俩捋着墙转。

李大艳的单位真阔气！那大食堂，中西餐自助美食随便吃，比五星级医院的食堂品种都多，我一下眼就花了，端着盘子不知道挑啥，只听她在我身边说："随便要，不花钱！"我激动得浑身直哆嗦。

共进午餐是我们第一次近距离交流。席间，因为话题太过亲切，以至于我们的双手频频在饭菜上隔空相握。吃完饭参观她工作的地方，比我的办公室还乱，我就喜欢这种不拘一格的气氛。她说："你洗个澡再走吧,我们这儿一块钱洗一次。"对这句话,我倒没动心,因为我没带换洗衣服。李大艳看我无动于衷,接着说:"你要洗澡用的东西吗?"然后开始自顾自蹲桌子底下往上掏,洗发水牙刷牙膏,都是新的。我一把拉开自己书包的拉链:"把定情物装进来吧。"这个举动让她很满意。因为带着洗发水,我无论坐地铁还是坐火车,都要先把红色的"沙宣"掏出来给安检看一眼。

自打拿了人家的小礼品,就像捅破了一层窗户纸,我跟李大艳立刻熟识得如同一起洗过了无数次澡。

我想,我能给李大艳留下深刻印象的,不是我写文章有多生动,只是因为我的手机比她强。她热爱生活的唯一表现就是到哪儿都嘱咐身边人:"一会儿给我照几张啊!"可那一圈儿身边人,要么刷朋友圈心不在焉地答应,要么蹲地上专找刁钻角度拍,而我,则像狗仔队一样,前后左右围着她转,不让多拍几张都能跟你打架。以至于,她到了一个朋友的公司,指着一把宜家的椅子:"我跟它合一张。"我心里嘀咕,这是住大城市的人吗,这椅子哪特殊啊?她说:"多圆啊!"用的是夸月亮的语气。

李大艳有一张知心姐姐的脸,同时怀揣着一颗"艳星"的心。她一屁股坐椅子里,用力那么一拧,大头朝下了。也就是把两条光溜溜的大腿竖在椅背上,整个人倒栽葱,眯缝着眼对着镜头拢头发。我用几十年摄影爱好者的功力噼啪一通乱照。她起身就趴人家会议室沙发背儿上了,对我招手"这再来几张",这是多少年没人给照过相了!

　　李大艳的镜头感特别好，没人找她演戏简直是中国电影的一大损失。我一扬下巴，人家就知道该搔首弄姿了。等我把照片一一发给她，她看着自己在那感慨："哎呀，太好看了，太漂亮了。跟在夏威夷一样。"一听就知道，这主儿从来没去过夏威夷。

　　我们俩同为双鱼座，但是一点也不像，这对我多少是个安慰。当然，我们还是有共性的，就是阅读对于我们就跟犯了毒瘾似的，从而衍生出跟这个社会背道而驰的价值观，空守着情怀和理想跟苟且的世界死磕。李大艳利用自己的业余时间在挨个走访曾经教过的学生，她要不说，我都不知道她以前是个中学老师。她说要写一本非虚构类的书，记录这些孩子的成长。这个小小的计划，就像已经发芽的豆子，我都可以看见她心里的一片绿色了。成为老师的那一刻，照片里的李大艳端庄优雅，连坐姿都跟宋美龄似的。

　　活得生动，不是谁都能做到的。好在，我身边有很多这样的朋友，看着他们像万花筒一样，每转一下幻化出不同的大场面，真是幸福。

王小柔,你真的不是神

文/晨露

还是在那个蜗居的日子里(其实还在蜗居),好朋友从当当买回一本书:《把日子过成段子》。

当时被这书的名字给秒了,自诩好姑娘光芒万丈的我,一直想把段子过成日子,结果这个人把日子过成段子,于是,在那个还没兴起微博的时代就去了她的博客。之后关注了她的微博,贱兮兮的直到现在人家也没关注我,要知道我也很傲娇的,一共就关注了没几个人,哼!

金牛座,耿耿于怀,好在,微博很快被淘汰了,我心里的结也解开了。

一直在微博里和她勾勾搭搭,也不乏三言两语的互动,你们没想到吧,看到自己的偶像给自己回复有多激动,就会知道你们看到我给你们回复有多激动,所以我对我的粉丝可比王某人对我好多了。

日子就这样臊眉耷眼地过着。

没交集就没交集呗!

我是电台的情感热线节目主持人,就你们能想象出来的奇奇怪怪的人和事在我的节目里从来都不缺,你敢听,就有人敢问,但我不一定敢答的那种主持人。

这注定了我阅人无数,这词到底用到这是褒义还是贬义,随你吧,大家都怪忙的。

我也不知道我的私人微信号里啥时候出现了个实名的"任悦",这个人,没事就在我的朋友圈里留言,留言就留言呗。我这么火的主持人(印书的时候这块该插个手机表情啥的,竭尽挖苦和讽刺的那种),一个朋友圈下几百个回复几乎随时发生!

根本就无视!

突然有一天,我在节目里赤裸裸地表达了我对王某人的喜欢,还直白地说:你喜欢人家,人家干吗要喜欢你,我喜欢王小柔,她连我是谁都不知道!吧啦吧啦吧啦……来劝慰那些对喜欢的女生或男神纠缠不已的困惑。

此刻"任悦"就像一个神符一样出现了,淡淡地扔了句:我和王小柔一个单位。

后面就是两个女人之间无聊的对话,我深挖了任悦的身份和听节目的动机,她体贴地问我,愿意不愿意要王同学微信。

后面的事情,就那么回事!

想起当年,派唐山的和北京的粉丝去天津参加她的"王小柔悦读会",要签名,要合影,要通话,她拿捏着装淑女的样子,我恍如隔世。

后来,我们在微信里的交流无异于同床异梦般痛苦,她喜欢的我貌似全不喜欢，我喜欢的她全看不上。

她的那些宠物，让见了猫狗跑得比兔子都快的人望而却步，她的那种视金钱如粪土，还有点社会责任和角色责任的云山雾罩，让我轻度膜拜……

我的朋友圈，俗得啊，吃喝玩乐！偶尔愤青，超不过十分钟就会要求被删除！一般人也看不见。

直到有一天，她来河北出差，我真诚地尽地主之谊，在她变成了自由地独来独往，直到晚上她的流程般的例行公事结束，天啊，我开车去电台对面的开会胜地接她，那一刻……是我喜欢的 feel，一条牛仔裤，一件卫衣，我俩几乎神同步，只是我只穿带帽子的卫衣。

没有违和感，没有距离，就那么自然地开始了很科学合理的会晤，在我狭小的工位，她如我想象的一样，其实内心的柔软很让人感动，带了天津麻花（下次换别的，牙口不好），所有小承诺都一一兑现，给听众的签名明信片，还有签名的书。

相比之下，我的柔软就显得太坚硬了。

我的礼物都那么直接。

我们俩做了一期估计广播界前不见古人后不见来者的直播节目，当天我们的新媒体即听进行了视频直播，王同学给河北的听众留下了"不干广播太可惜"的印象（我也是出过书的人，只不过我可不敢说不写书太可惜），整整一个半小时，我们相谈甚欢，像多年未见的老友。

不知道，那期节目要是干报纸的同行们听了，会咋想？！

后来的后来，我和某人就大家共同感兴趣的问题进行了坦诚的交流和洽谈，我教她学坏，她教育我变好，直到今日，她没有学坏，我没有变好！

我们都失败了！

好在，她心里已经发生了变化，只是还不适应变化后怎么对付这个不变的世界，而我，坚定不移地走着自己认为最自在的路，准备成功了给她看，刺激她一辈子，还有下辈子。

据说这本书的出版，又是老样子，我要是当了她的经纪人，估计全世界都得恨我！

求放过，我是电台主持人，我在河北广播电视台，希望小柔的书大卖，没事去她的公众号里给予精神食粮，可以来我的公众号里打赏！攒够了我给土土，买个植物园玩玩！

王同学，认识这么久，你曾经在我心里就是个神，而今，我不得不说：你真的不是神！

我其实挺好的，请跟上！

那个矫揉造作的夜晚
与晨露有关的

我的日常生活过得像个退休大爷,而且我打特别年轻、貌美如花的岁数就过得像个女大爷。我喜欢安静,喜欢提笼架鸟,喜欢沏杯茶半倒着看早已不流行的书。我跟世界的关系,永远保持着一定距离。

有一天,我正拎着大水桶,歪着肩膀打卫生间往办公室提水浇花,口袋里的手机一个劲儿哆嗦,振得我大腿直痒痒。我的一个同事上来就说:"河北台一个主持人在节目里说特别喜欢你,我能把你微信给人家吗?"我倒不关心谁喜欢我,我惊讶于我的同事愣在天天收听河北台。她满心欢喜地跟介绍对象似的联系去了。我当时就想,这啥主持人啊,找我还用中间人,都在明处,伸手不就够着了嘛。

晨露加我之后,我们并没多说什么话,但这个雾气昭昭的名字我有印象,在微博里打过招呼。我的悦读会上,她的粉丝举着电话让我跟她"说几句",我想应该是个音乐台主持人吧。喜欢我的主播基本上都是音乐台和文艺台的,我经常在他们没话题的时候去聊点提升品位的,显得我知道得特别多,最后把主持人和自己一起绕进去,听众要不打热线,高度都下不来。

去石家庄参加一个会,随手给她发了微信,我对媒体人有天然亲切感。晨露再跟我联系的时候，直接发了张海报，是我跟她对谈的预告。合着聊天地点约在直播间，真能省钱啊！

晚上十一点的节目，她提前半小时去宾馆接我。见面的第一句话居然是："怎么让你住这啊？我们接待贫困生才安排在这。"我回头看了一眼身后的旋转门，突然之间愣没接住她的话。默默坐进她的车里，没话找话地问："你什么节目啊？"她打着方向盘拐弯："午夜情感节目。"石家庄的夜色突然就浓稠了。我脑子里迅速飘过小三、婆婆、负心汉、老头非要跟保姆结婚等关键词，咬了咬牙，把心一横。

我对广播电视台的工作是熟悉的，晨露的工位在一个墙角，如果不是因为有把椅子以为这是个放杂物的地儿呢。我就喜欢这种乱劲儿，一看就是热爱生活的人。她跟变魔术似的，打后面柜子里一会儿掏出个便签本，一会儿掏出个马克杯，一会儿掏出本日历，最后在抽屉里扒拉出一个带标签的蒙奇奇钥匙链扔给我："都送你，励志用。"说实话，一瞬间我已经忘了我是来做节目的，弓着腰看着她在那翻箱倒柜，一边随手记录她自言自语的警句。我记者病附体："你再想想还有什么补充的？"她说："你可别跟别人说我教你什么了。"我被我们自己营造的神秘感镇住了，抬头一看，偌大的房间只有我们头顶的灯没亮。

进直播间，刚坐定，她屁股底下一使劲，整个人扭向我："你注意形象啊，前面摄像呢。"吓了我一跳，也没人给化个妆。晨露说："大半夜的，化什么妆，摄像机像素低，也就能看见个人影儿。"我一下就爱上了这档午夜节目，积淀的鬼故事一个个往上顶。

我已经想不起来那天直播里到底聊什么了，史无前例主持人也不拦着我，且点燃了我胡说八道的兴趣爱好，东拉西扯天上一脚地上一脚，最后我回"贫困生酒店"都快凌晨一点了。我参与的那期不着调的节目，后来据说收听率非常高，比没我的时候高出很多。终于没给朋友帮倒忙，我悬着的心算放下了。

晨露说她玩着干了很多事。她是真干，我是真玩。在我教鸟说人话的时候，她组织相亲会、车友会，组织听众旅游，在大礼堂里教育过来人怎么过日子，而且今天卖红酒，明天卖空气净化器，过几天她又在朋友圈发海南的房子。作为DJ，她把自己伪装得像个"骗子"那么无所不能，因为在我的认知里，只有骗子能做到她这么八面见线。不过，我知道，每一个看似玩的轻松里，都有自己的努力和智慧在。

看着我的朋友们过着自己想要的日子，看着他们被尘世的烟火熏得热气腾腾，哪怕我一直站在原地，也要送上我的微笑和掌声。那个石家庄矫揉造作的夜晚，仅是一个开始。

冲王小柔也得显灵

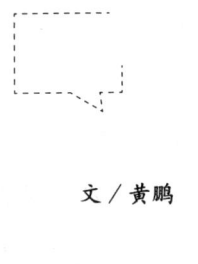

文 / 黄鹏

"把日子过成段子"绝不是一句空话!

提出这种生活态度的王小柔同学知行合一,说到做到。把段子过进了日子!在云南旅行那些天,王小柔哪的景点都不去,天天往山里钻采蘑菇,听说当地松茸卖得很火,她毅然决定养条鼻子灵的狗,训练它专门闻松茸,然后骑着马牵着狗,马屁股上搭着俩蛇皮袋子就上山找能卖大价钱的菌子去,说赶上运气好还能顺便挖点虫草回来。她自信地表示:"肯定赚钱!!!"这份扮相,亲眼看见不定得多哏儿呢!(此处有一个偷笑表情)当然这是她诸多发财手段其中的一个设想而已,像这样的挣钱的点子,她可以在一分钟之内说出一百个来,保证个个有声有色,但绝无实现的可能性。

不过她要是真的执着起来还真挺能扛的!就拿做王小柔悦读会来说吧,搞了这么些年,办了那么多次活动,不是我替她吹,哪次不是搭着工夫赔着钱呀!可人家就是玩上坚持不懈这块儿了。每次搞活动时还都力求变换不同的花样。

记得有一次,不知道她从哪邀请来个嘉宾,来就来吧还非带个超大的玻璃钢乌龟模型,悦读会的志愿者好心去当搬运工,结果赶上乌龟那脚还外八字,志愿者没注意,八字脚直接踹门框上,他手一滑,大玩具啪的一下掉地上摔断了腿儿。活动还没开始呢,"甲级残废"的龟已经给她定价了。王小柔这么视金钱如粪土的人,二话没说直接微信转账自己赔。花了五千八赎回来的龟爷爷到我这儿,一个塑料袋里装的都是碎片。王小柔让我把乌龟复原,还必须修旧如新。

以前修过文物,还真没修过玩具。在我该给乌龟复原并粘贴最后一块碎片的时候,王小柔俗心涌涨,突然叫停,要举行个仪式。

只见她从口袋里掏出些散碎银子(也就块儿八毛的),非得要塞进乌龟的断脚里,王小柔说这样做是为了让龟爷爷大难不死之后重出江湖,保佑着大家事业顺风顺水。我当时有些匪夷所思,哪有这个风俗?可她那股认真虔诚劲儿让我至今历历在目。太可乐了!

王小柔面向大乌龟深深地作揖,说道:"龟爷爷,由于我们的失误,把您的身体摔成了碎片儿(此处有音效,玻璃破碎声),给您身心造成了伤害,我们特意邀请了好朋友把您重新复原,在此对您表示歉意。刚才我给您的身体里放了八块八,预示祝福我们一路发(我真的佩服,顺手一拿就数了个清楚,不愧为专业会计出身!赞一个)。接着她又从口袋里拿出点钱放在手里继续说:"现在我再给您怀里放一块一,祝我们十全十美。"我立马惊愕,加起来不是应该九块九吗,怎么变成十全十美了呢?(会计证书肯定是买的?哈哈)

此后的每年清明节那天她都会带着一根用塑料兜裹着的莜麦菜来看望龟爷爷！并且每次的仪式感都倍儿强。先是把莜麦菜拿出来揪揪上面的黄叶，然后强行地塞进龟爷爷的嘴里（感觉龟爷爷都要吐了），上香，作揖，跟龟爷爷小声嘀咕，说些祈祷、愿望之类的话。我甚至还听到她在跟龟爷爷呼吁世界和平的事，她管的可真多！

王小柔就是这么一位扔进人堆里立马找不着的主儿，她坚定不移地以过小日子的平常人自居自傲。但是，就是这种平淡这种坦然，却更加地凸显她散发着不同寻常温暖的光芒（我实在不知道用什么好词夸她了，我脑子里的词分量都不够）。每回她拜完龟爷爷，我都得补充几句，快让她发财得了，总那么搭钱真不是个事儿，她境界高得简直都不像话了。

黄鹏眼中最具艺术气质的清明节

黄鹏老师是位艺术家,往来无白丁。今天跟刘索拉吃饭,隔几天饭桌上又换成哪个道观的道长,我就是在饭桌上偶遇他的,那天他没吃完就走了,我一直吃到最后收拾桌子,可见我比他度量大。黄鹏老师的青年时代比较牛,在我们思考如何为社会主义添砖加瓦的焦虑中,他已经全国走穴,成为一代霹雳舞王,据他自己说,那时候是宋丹丹老师担任走穴团队报幕员。这事我还没跟丹丹姐核实,实在怕她声音提高八度问我:"谁造谣呢这是?"

霹雳舞一点没耽误他成为艺术家。最关键一点,他还喜欢看我的书,喜欢到逢人便给,别人不想看他得逼着人家看,然后还说那些人是我的粉丝,我都替他那些朋友受罪,可他们还真听他的,可见黄老师的人格魅力。

要不是赔那大乌龟模型我花了五千八,也不会找黄鹏,以我对他什么事都答应的了解,就算他干不了,也一定有办法复原。黄老师这辈子都没接过这种活儿,开着牧马人,往车里抱断腿树脂乌龟,后来他说少了几块,脚豆儿拼不上。悦读会志愿者立刻奔赴事发现场,不但扒了垃圾桶,连草丛里的狗屁屁都拿棍儿给拨开了,没找到。

文物碎片他都能修复，脚豆儿算个啥！为了完美，黄鹏邀请了一位搞雕塑的艺术家，俩人给乌龟脚豆会诊。说实话，修复后的大乌龟丝毫看不出破损过。

在他要完成最后一步的时候，给我打了个电话，问我是不是去看看。这不就跟患者痊愈可以出院的通知一样嘛，我当然得去。空着手不合适，我就问我儿子陆龟喜欢吃什么，他说"莜麦菜"，大早晨往哪买莜麦菜去，所以拉开冰箱装了一根蜥蜴省下的口粮，去看龟爷爷。也没承想，那天那么寸，居然是清明节。到了黄鹏的工作室，龟爷爷被摆在条案的正中，身上蒙着块大红布，条案上方有块匾，写着"诚信为本"。最妙的是，连香炉都准备好了。这迷信的氛围简直可以拍戏了。

黄鹏说："你跟龟爷爷说点儿心里话。"我心里话就是想发财，但他认为这么说就显得俗了，心里得有更广大的人民群众。于是我叨叨的全是"保佑世界和平"的话，连叙利亚局势以及非洲难民全照顾到了。我顾全大局的态度让黄鹏老师在旁边拍上瘾了，我还没念叨完呢，他挥着手让打住，笑得弓着背说："我笑得直哆嗦，手机都拿不稳了。咱再来一次啊！争取再录一遍过。"大清明节的，合着是拍纪录片呢。在我满心赤诚地把莜麦菜最嫩的部分塞进龟爷爷的嘴里，还没拜完呢，莜麦菜啪一下打龟爷爷嘴里弹出来了，吓了我一跳。再看黄老师，笑得都蹲地上了。

黄鹏说，从来没有一个清明节让他那么高兴，邀请我年年去工作室带着莜麦菜过清明节。我问他:"你是不是打算把龟爷爷放一个池子里,合影的五元,祈福的随意。"黄鹏以艺术家思维回答我:"我看谁不顺眼,就把龟爷爷摆谁门口,镇着那个龟孙。"

王小柔的"大户"生活

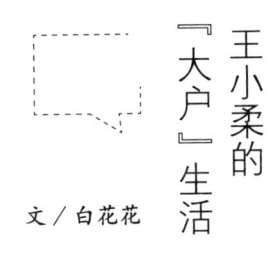

文/白花花

自从我们背着几十上百万的房贷，工资到手没焐热就撒出去了，坚决不当房奴的王小柔经常大手一挥：走！吃饭去！我请！我们这群势利眼的姐妹们，闻着味儿就跟过去了。她手头比我们富余，不吃她吃谁？

从此以后，她得了美名："王大户"。我没钱了就理直气壮地找她借，微信还没聊完，钱已经打到卡上。每次这时候我都心生"愤慨"：炫富哪？好歹跟我对付两句啊！

有一次听说我借钱了，她妈妈赶紧跟小柔说，这钱你别要了啊，白花花开口一次得需要多大勇气啊。小柔当即就怼回去了：她需要勇气？她借钱就跟借白菜似的。

资本家果然没良心。她顶着"王大户"的名头，在我眼里有着各种让人不入眼的表现。

"王大户"的后宫

我不知道她从什么时候开始喜欢养那些稀奇古怪的宠物的，她还总笑话陈完美收容流浪猫流浪狗，好歹人家有审美，再瞧她收容的那些别人养不下去的宠物，从冷血动物到大公鸡，让人都不愿意去她家串门。

我仰望着黑不溜秋的夜空，暗自神伤：想当初，这厮可是写着酸掉牙的歌词儿，弹着吉他低吟浅唱的文艺女青年啊（当然，她也无法引吭高歌，嗓子唱不上去），今儿个怎么就走上这条邪路了呢？她究竟经历了什么？

平时得闲儿，她最大的爱好就是伺候她的"后宫"。对此她很得意，她告诉我，她的屋顶下就是一个生物链。我问哪儿来的链？谁吃谁？谁又护着谁？她回答：我照顾它们，人家是投奔我来的，这就算生物链。

每到大雨未停，她就带着孩子满小区树林子里捡鸟，还真有打窝里往下掉的。把鸟养到能飞再放了，她闲工夫真大，小雏鸟两小时一喂，她能跟对待孩子似的，不睡觉盯着喂鸟，她的这种精神让我们一度认为她又要二胎了。

瘸腿的癞蛤蟆咱看着就膈应，这东西她也救治，据说王小柔为了在家当兽医，去华中农业大学报了动物生理学专业的网课。鉴于她毫无解剖学知识，天天听课能听明白的时候不多，我觉得拿这些学闲白儿的时间，能写好几本书了，所谓玩物丧志，就说的是她。

现在被她从大水坑里救回来的小麻雀"灰球"，天天窝在她手里做不离不弃状，刷存在感。她还救过一只红隼，仗着她认识的人杂，那鸟转天就被动物保护组织用专车接走了。我发现在对待动物这件事上，她比陈完美还不嫌麻烦。

"王大户"借衣记

这几年小柔添了一个毛病，老说自己貌美如花，真是蜜汁自信。

从二十几岁我们就相识，她顶多算是周正，二十年过来，说她岁月痕迹不重，倒是比较贴切。她从来都是牛仔T恤，路人甲活了这么多年，期间她写书，做王小柔悦读会，跟各路人打交道，到处跟人搭讪，不再像以前那样说句话都脸红，跟人吃个饭得纠结半天，但人到中年还说自己长得跟花儿一样，真是自信大发劲儿了。

但因为她是"大户"，她做多丢人的事儿我们都得想办法理解，比如她一有"大场合"跟我们借衣服。

她也真好意思，都名人了。在我的冷嘲热讽和朋友陈完美的热情陪伴下，她咬牙花费巨款买了几套，朋友陈完美是好心人，看着她衣服上身，一个劲儿夸她：你看，多有范儿。简直说谎不带脸红的。

印象中，刚工作那会儿我俩就逛过一次街，一个门店一个门店地视察，我看上一件她损一件，不是嫌贵就是嫌我身材不配。最后的结果就是，一人买了一件短裤，试穿的时候还互相指责对方身条儿差，不过便宜啊，不影响我俩在世界富豪榜上的排名。这短裤，严重掉色儿，不是洗的时候掉，是出点儿汗就掉，这让我的屁股情何以堪？反正我就穿了一次，不过还保留到现在，以证明我和小柔的友情是从买便宜货开始的。

陈完美穿什么都好看,于是小柔对她极其信任。这是我很不屑的,就上次买的那身衣服,我都严重怀疑陈完美拿回扣。再比如有一次小柔去什么国际讲坛演讲,陈完美贡献出自己那身素雅的旗袍,人家穿着是江南婉约美女,小柔穿上就是码头卖苦力的。果不其然,到了讲坛那儿,主办方就让她换了身衣服。

这人啊,不能看着别人打扮自己,貌美如花的人也不带这么玩的。

可小柔没啥记性,一到被邀请参加什么活动,她还是拉下脸来问我们:有正装吗?有拖地晚礼服吗?有特别高的高跟鞋吗?有旗袍吗?……其他朋友还在七嘴八舌回忆自己有什么的时候,陈完美已经开始翻箱倒柜地把衣服都翻腾出来了,然后拍照片发到群里,小柔还挑三拣四,这个太花,那个露胸,这个太时尚,那个显不出气质……

结果一般都是,小柔拿着一件认为可以的衣服出发,最后给我们发来无数的照片,显摆她在现场的受欢迎程度,唯独身上的衣服,永远不是我们绞尽脑汁提供的那件。

王小柔是个内心强大盲目自信的人,她仗着自己长得好身材好,那么多年既不会化妆也不会买衣服,这些当女人的基本功人家全不会,可就这,还总有大场合召唤她,她心真大,什么活动都答应,多大的场合也不怵头。

她为人仗义,王小柔的仗义体现在为了不让陈完美白张罗,她愣是用三十九号的脚穿着陈完美提供的三十七号高跟鞋辗转好几个城市做活动，粉丝说一看鞋就是借的，半拉脚都在外边。

"王大户"的趣写学院

小柔一直线上线下做着她的王小柔悦读会，做了七年多，都成了品牌。

这是唯一让我感到惊奇的地方，那么不靠谱一人，还有毅力坚持做这么一件事儿，没钱赚还搭那么多时间。

她曾经特别正经地跟我说，她的梦想就是读很多书，然后带着别人一起读很多书。

谁没梦想？我的梦想还跟小时候一样遥远，不同的是，现在我不想实现它了，但小柔已经趟进了梦想的河里。她读书、写书、旅行、做王小柔悦读会，最后，把更主要精力放在了趣写学院上。这个趣写学院是从王小柔悦读会脱胎而来，因为她觉得让孩子养成阅读习惯会受益一生。

我挺烦她正经的样子，显得我特别没追求。

为了趣写学院，王小柔的"大户"本性也充分暴露出来，她把旅行中收藏的各种东西都贡献出来，皮影、三国时期的砖、外国邮票、纯银纪念币……散尽家财就为了让课堂生动，让熊孩子知道，每一个物件都是有历史的。

有一次她书包里装了一把硬币，都外国字我也不认识。平时她兜里不揣钱,这次丁零咣啷地风一样来去,我一把抓住她:给我一个! 她说她要讲《月亮和六便士》,得让孩子们知道便士长嘛样儿,顺便把便士就都散出去了。我跟她说,你知道有本书叫《话说人民币》吗? 你也给我上上,各种面值的我都不太了解。

小柔老说她一路狂奔,要奔向美好的生活,如同向日葵仰望太阳一样蒸蒸日上,为了让她的趣写课程独一无二,她自学皮影戏、快板、听说书人讲故事,然后用到她的课程上。有一天她得意地跟我说:我的课能复制吗? 不能! 我回:对呀对呀,大千世界各领风骚,以后就看你怎么骚了。

我和小柔其实已经完全走上了不同的轨道。而人到中年,所谓朋友,就是在彼此还能看见的某个点上,心怀美好。

白花花的花

我对白花花说:"我浑身都是戏,没人写真可惜,你快写写我。"她脑子都没动就"好啊好啊"应下来了,而其实,自从我们在不同报社的同一间办公室当了十七年同事之后,她终于去我楼下办公了。不再耳濡目染,所以我们对彼此的私生活并不了解,她为了写我,跟搜集罪证似的,到处找爆料人。

等了漫长的一天,问她把我升华到哪儿了,她回复:"升华个P,一下午憋出三百字,抽了半包烟,抽得我头都晕了,我得睡一觉,明天再接着写。"为了鼓励她,我说:"你要升华得好,我也写你。"她又没心没肺地"好呀好呀",叮嘱我一定要夸她的身材。

自从白花花吹牛说有专职服装设计师给她订制服装,买了一堆又贵又显得横宽的行头,整个人在视觉上更短了。不过,在我面前,她始终以会买衣服涂艳丽口红懂化妆的女人自居。鉴于人活的就是个自我感觉,我原谅她了。

一般我在闺蜜中,处于受夹板气的地位,一边受气一边美滋滋看别人吵架。

我跟白花花最大的区别在于,我怎么看自己怎么顺眼,她怎么看自己怎么别扭,所以在全国人民还没有拿整形当玩似的时候,她已经看自己鼻子不顺眼了。胖艳给她找了整形科大夫咨询,记录新闻现场哪能没有我，就和白花花胖艳一起出发了。一路都风和日丽，但在前面有大卡车到底是该超还是不超的问题上，俩人发生了争执。我根本不知道争执是打哪句话开始的，引起我注意的时候，她们已经一个比一个声音高。忽然白花花打着方向盘说："我就讨厌开车旁边有支嘴的，你开吗？你要不开就闭嘴。"胖艳不甘示弱："你那么开车就不对，不规矩。"俩女的，又不考驾照，锵锵三人行的我还没说话呢。作为女的，脾气怎么都那么大呢！车刚拐到大路，在中间快车道开得好好的，白花花猛踩刹车，古惑仔范儿，我整个人撞在前方靠背又弹回后座，胸都快挤憋了。我正揉呢，听见白花花在那喊："你给我下去！"想那胖艳，是徒手扒过火车的人，能听你这叫板。直接摔门而去。白花花给油就走。这瞬间发生的事，让我张大了嘴。

我战战兢兢问："你俩这是闹嘛呢？"白花花跟个蛤蟆似的气鼓鼓地冲我嚷："都怨你！你就不能劝劝，她下车你怎么不拽住她呢？"这不是拉不出屎赖茅房吗？我劝谁啊，都是暴脾气，劝不合适俩人再合伙把我轰下去。

据说胖艳身上也没带钱，打鸟不拉屎的地方一直走到报社，在办公室呜呜哭一下午。正嚎得带劲呢，忽然想起跟她吵架的人还得去整形，急忙给大夫打了电话说："我们俩半道吵起来了，我就不去医院了，您给她好好看看吧。"有了这番托付，白花花就医过程很顺利，也没有把红木的鼻梁子换成塑料的。

胖艳的做法彰显了高大人性中的真善和美，瞬间就映衬出白花花的五短身材。在哪跌倒在哪爬起来，白花花拉开抽屉一划拉，找出一对没拆封的耳环，捏着走到胖艳身边，理直气壮地说："那大夫不错，多亏了你，送你对耳环啊。"胖艳云淡风轻地应着"没事儿"，把耳环扔进了抽屉。

一个月后，白花花扬言过生日。胖艳捏着一对儿没拆封的耳环，理直气壮地说："我这有对耳环，送你吧。"白花花定睛一看，正是打她抽屉里拿出去的货色，胖艳愣给忘了。

人到中年，她们俩就是永不消逝的电波，始终在战火中永生。不过，有了在快车道上摔门而去的经验，我学会了一边受夹板气一边和稀泥，比如前些天，胖艳因为写了篇白花花的事，白老师急眼了，我一个劲儿地两边劝："别生气，您快消消气。我说她去。"

偶尔的急眼，在中年段落里如此宝贵，什么人能敞开心扉地跟你翻脸，然后像什么事都没发生过道歉，过去了就不计较，再提起都是一口酒一口肉的笑谈。大家都还是孩子，哪怕有了一张不太老的脸。

我们都是白花花的花，哪怕一时漫不经心地被她踩在脚下，但不等下一场雨来，我们又执拗地打石缝里摇曳而出。让如亲人般的情义，顽强盛开。